小学館文庫

極悪女帝の後宮

宮野美嘉

小学館

目次

序章

「その男の首をお刎《は》ね」

女は言った。

大陸に君臨する大帝国斎《さい》の女帝、李紅蘭《りこうらん》。

二十歳になったばかりの若い女帝は、氷雪のごとき眼差《まなざ》しで命じた。

「何故《なぜ》だ！　何故私がこのような仕打ちを受けねばならんのだ！　あなたが即位するために、私がどれだけ尽くしてきたか忘れたというのか！」

男は衛士《えいし》たちに跪《ひざまず》かされ、絶望と憎悪を塗りこめた目で女帝を見上げる。

「ええ……もちろん覚えてるわ。私が帝位に就《つ》いたのは、あなたのおかげに他ならない。あなたにはとても感謝しているのよ、蜀《しょく》大臣」

女帝は嫣然《えんぜん》と微笑《ほほえ》んだ。これほど美しいものは他に存在しないと、その場の誰もが錯覚したに違いなかった。一瞬呆《ほう》けた蜀大臣は、それでもなお訴えた。

「……ならば何故！」

「あなたが邪魔になったから」

笑みを深めて女帝は告げる。

「私の宮廷に、あなたはもう邪魔なの。邪魔なものは一つ残らず排除する。理由はそれだけよ」

「わ、私が今まであなたのためにどれだけ……」

「それは知っていると言ってるわ。今までご苦労、地獄へお行き」

残酷な命と共に、女帝は踵《きびす》を返してその場を去った。男の憐《あわ》れな叫び声が絡みつくように追いかけてきたが、振り返るどころか眉一つ動かすことはなかった。


李紅蘭は八歳になった頃から、自分はいずれ皇位につくだろうと思っていた。

大陸で最も強大で歴史ある斎帝国の、十人目の皇女として彼女は生まれた。

言葉を話すことも歩き出すのも人より早く、教えられたことは乾いた土が水を吸うかの如《ごと》く吸収した。

一度見聞きしたことなら忘れることはなかったし、与えられた書庫に収まる数万冊の書物は全て読み、覚えた。

気まぐれに与えられた白馬はその日のうちに駆けさせることができたし、剣を握ればたちまち使いこなした。

李紅蘭にできないことは何もなく、彼女にできなければ他の誰にもできないことだったので、たとえできずとも紅蘭が恥じる必要はなかった。

国を富ませる方法も、戦に勝つ術《すべ》も、民を飢えさせずにすむやり方も、邪魔者を手際よく排除する手管も、少し考えればすぐに分かる。逆に、父や兄や師には何故それが分からないのか分からなかった。それゆえに、分かっている自分が皇帝となるのは至極当然のことだと思ったのだ。

この国で、私が最も優れている。だから私が女帝になる。

彼女がそう決めたのは必然だった。

そして紅蘭は世継ぎ争いに身を投じたのである。

十歳の時のことだった。

病を得ていた先帝が没するまでに、それほど長い年月はかかるまい。

そう感じた幼い紅蘭は、貴族や官吏を餌で釣り、籠絡し、味方につけ、皇位継承権を有する十四人の兄たちを一人一人追い落とし、最終的に首を刎ねた。

斎帝国に女帝が即位した前例はない。誰もがそう言ったが、紅蘭はそれを気にしなかった。彼女がなると決めたのだから、神であろうと邪魔はできない。

そうして彼女が十八になった時、先帝は病で没し、李紅蘭は斎帝国最初の女帝として即位した。

敵の首を刎ね、裏切者の首を刎ね、兄たちの首を刎ね、屍《しかばね》でできた階段を上り、紅蘭はその場にたどり着いた。

皇位継承権を有する者は他になく、玉座にはただ優雅に座ればそれでよかった。

しかし――彼女の覇道がそれで終わることはない。紅蘭は、その先に何が起きるか分かっていたからだ。

若い女帝を意のままに操ろうと考える者があふれることなど、分かり切っていた。

ゆえに今度は、今まで自分に力を貸してきた者たちを粛清し始めたのである。

残虐な方法でもって敵の首を全て落とし、今度は味方の首を一人ずつ刎ねてゆく。

即位して二年も経《た》つ頃、李紅蘭の周りにはもう、敵も味方もいなかった。

あまりに残虐非道なその振る舞いを知り、民は彼女を極悪女帝と呼んだ。


全ての政務を終えると、紅蘭は深紅の柱が立ち並ぶ壮麗な宮殿の廊下を闊歩《かっぽ》し、後宮へと向かった。

その後ろから、一人の護衛官がついてくる。

「ようやく最後の一人が片付きましたね。これで斎の宮廷はあなたのものになった。

おめでとうございます、紅蘭様」

彼は感慨深げに言った。郭義《かくぎ》という名のそのいかつく屈強な男は紅蘭の最も信頼する護衛官であり、いつも傍《そば》に付き従っている従者だ。そして、紅蘭の敵の首を片っ端から刎ね飛ばしてきた、死神とも呼ばれる武人である。そして……

「しかしまあ……相変わらず見事な極悪女帝振りだな」

そしてこの世で最も紅蘭に対し無礼な口を利く男でもあるのだった。

「褒めてる？」

紅蘭は歩きながらじろりと振り返った。

「もちろん褒めてます。恐ろしすぎて小便漏らすかと思いましたよ」

郭義は降参するようにぱっと手を上げて言った。

この男……礼儀とか気遣いとかドブに捨ててきたのだろうか？

紅蘭はにこりと笑みを浮かべてみせる。

「手心を加えればよかったとでも？」

「まさか。民を犠牲にして私腹を肥やし続けてきた糞野郎《くそ》には過ぎた最期です。死ぬ前に、あなたの姿を目に焼き付けることができたんだから」

「褒めてる？」

「もちろん褒めてます。地獄へ落ちる男へのいい餞《はなむけ》だ。地獄の底にだってあなたより恐ろしいものはいないだろうから、鬼も魔物ももう怖くないでしょうよ」

郭義は軽口を叩《たた》いた。この男は虚礼の化身か？　紅蘭はうふふと笑い返した。

「ええ、そうでしょうよ。私は鬼や魔物ほど優しくはないからね」

言いながら後宮へと続く渡り廊下を通ると、その先を塞ぐ大きな扉が開いた。扉を守る衛士が緊張の面持ちで礼をとる。扉をくぐって後宮に足を踏み入れると、そこには美しく着飾った女官たちが待っていた。

「お帰りなさいませ、紅蘭様」

女官たちは輝く瞳で後宮の主《あるじ》を出迎える。

紅蘭は彼女たちを順繰り見やり、優雅に微笑みかけた。

「ただいま、みないい子にしていた？」

そう言って一番近くにいた女官の頬を撫《な》でる。他の女官たちからきゃー！　と艶っぽい悲鳴が上がり、触れられた女官は真っ赤になってくらりとよろめく。

「ああ……私もう死んでもいい」

「いや、何でだよ。毎日毎日なんなんだ、この光景は！　こんなん毎日見せられる真面目な護衛官の気持ち考えろ！」

郭義が呆《あき》れたように突っ込む。

「やだ、郭義様。お目汚しなんでちょっと離れててもらえます？」

女官たちが袖で口を覆いながら訴える。お目汚しとはそういう風に使う言葉だったか？　言われた郭義はひくひくと頬を引きつらせている。

「みんな仲良くなさいね。今日は疲れたわ、部屋に戻る」

紅蘭はふうっとため息をついて歩き出す。

歩きながら、長い黒髪の一部を結い上げていた簪《かんざし》を引き抜き、廊下にぽいと放り投げる。飾り紐《ひも》をほどくと、黒い滝のような髪が流れ落ちる。紐も放り投げる。後ろに続く女官たちが、競い合ってそれらを拾ってゆく。

羽織っていた衣まで脱ぎ捨てると、金糸と銀糸で細かな刺しゅうを施された深紅の衣がぐしゃぐしゃに乱れて廊下に落ちた。女官たちがすぐさま手を伸ばす。

「つーか……何でいっつもいっつも歩きながら脱ぐんですか。部屋についてから脱げばいいのに。女官のみなさんも迷惑でしょうよ」

「あら、そう？」

紅蘭は髪をばさばさやって風を通しながら振り返った。

「いいえ！　少しも迷惑なんかじゃありませんわ！　どうぞお好きなだけ脱ぎ散らかしてくださいまし。わたくしたちが拾いますので！」

女官たちは妙に興奮しながら爛々《らんらん》とした目で宣言する。可愛《かわい》らしい女官たちだ。

「仕事が終わったら楽な格好になりたいのよ。締め付けてるのが嫌なの。今すぐ裸になりたいくらい」

「絶対なるなよ！　馬鹿！」

不敬が過ぎる郭義の突っ込みに、紅蘭はじろりと彼を睨《にら》み上げた。

「この私が馬鹿ですって？」

女官たちも目をとんがらせて一斉に郭義を睨んだ。女たちの怒りの眼差しを全身に突き刺され、真っ当な男なら死んだふりを決め込んでもおかしくない状況だったが、郭義はけけっと笑った。

「あなたは紙一重の奴《やつ》ですよ」

彼は礼儀を捨てた代わりにこの胆力を手に入れたに違いない。

「褒め言葉と受け取っておくわ」

ふんと鼻を鳴らして紅蘭が再び歩き出したところで——目の前の曲がり角から別の女官一行が現れた。彼女たちは紅蘭に気付くとすぐに道を譲って礼をした。それは紅蘭の母である皇太后華陵《かりょう》のお付き女官たちだった。

「母上の具合はどう？」

紅蘭は彼女たちの前で立ち止まり、問いかけた。

女官たちは顔を上げ、険しい表情を紅蘭に見せた。

「……臥《ふ》せっていらっしゃいますわ」

「そう……それは心配ね。見舞いの品を届けさせるわ」

紅蘭は表情を曇らせた。母の華陵は数年前から体を悪くしており、しばしば寝込むのだ。薬師に見せても原因は分からない。

紅蘭の言葉を聞き、皇太后付きの女官はわずかに目を怒らせた。

「いったいどなたのせいでしょう。聞きましたわ。蜀大臣を処刑なさったそうですね。あなた様のそういう罪深い行いが、皇太后陛下のお心を煩わせて快癒を遠ざけているとお思いにはなりませんの？」

そう責め立てたのは、最も長く華陵に仕えている女官だ。

「そもそも皇太后陛下は、あなた様の即位にずっと反対していらしたのですよ？　そんなお母上のお心をないがしろにしておいて、よくもまあ心配だなどとおっしゃいますこと！」

女官の言うことは全て事実で、母の華陵は女である紅蘭が即位することにはずっと反対していたのだ。そして紅蘭が即位するのと同時期に病で倒れたため、まるで呪いのようだと密《ひそ》かに噂《うわさ》されているのである。

女帝に対する不敬な発言を聞き、今度は紅蘭の女官たちが目を吊《つ》り上げた。

一触即発の気配が漂う中、紅蘭はふっと笑った。

「極悪女帝と呼ばれるこの私に、そこまではっきりものを言うとは……お前のような女官が傍にいて母上は心強いでしょうね」

そう言うと、不敬な発言をした女官の頭に手を伸ばす。

「簪が……曲がってる。ちょっとじっとしてて。さあ、これでいいわ。可愛いわよ」

間近で笑いかけると、険のある目つきをしていた女官の顔がぼっと火を吹いた。

「なっ……そっ……そんなんじゃ、誤魔化されないいんですからねっ！」

急に狼狽《うろた》えて、ぷいっと顔をそむける。

紅蘭はふふっと笑いながら女官の肩を優しく叩いた。

「お前たちのような忠臣になら、母上を安心して任せられるわ」

流し目で彼女たちを見やり、紅蘭はひらりと手を振って歩き出した。皇太后付きの女官たちは赤い顔でぷるぷると震えている。

「ふふん、紅蘭様に盾突くなんて千年早いと、身の程を知るべきですわね！」

紅蘭付きの女官たちが得意げに笑いながら皇太后付きの女官たちに言った。

人がせっかく穏便に収めたのだから、焚火《たきび》に薪と油をぶっかけるのはやめろ。

ぎょっとした紅蘭を尻目に、女官たちは縄張り争いをする猿の群れのごとく睨み合っている。

「どうせあなたたちだって、紅蘭様の美しさと強さに惹《ひ》かれているのでしょ？　意地を張るのはおやめになったらいかが？」

ちょっと待て、何の話だ？

「く……そちらこそ調子に乗るのはおよしになったら？」

「おほほほほ！　何を言ったところで負け犬の遠吠《とおぼ》えですわよ。あなたたちだって本当は紅蘭様のお傍に侍《はべ》りたいくせに」

「なっ……誰が！」

「いくらでも羨めばよろしいわ！　わたくしたちは女帝李紅蘭様のお付き女官！　そう！　つまりわたくしたちは紅蘭様のお着替えを手伝い、湯浴《ゆあ》みを手伝い、その美しい裸身を拝むことさえ許されているのですから！」

……………本当に何の話？

ぽかんとする紅蘭と対照的に、それを告げられた皇太后付きの女官たちは悔しげに歯嚙《はが》みをした。

「くうっ……悔しくなんか……ないんですからね！」

「それだけじゃありませんわ。わたくしたちは日夜紅蘭様にお優しい言葉をかけていただき、慈しんでいただき、そして……時には叱られてお仕置きされたりしているんですわよ！」

紅蘭付きの女官たちは、ぞくぞくと快感に身を震わせながら言い放った。

皇太后付きの女官はくうっと袖を嚙みしめ、紅蘭は無我の境地で立ち尽くす。

「おい……こんな変態の群れ飼いならしてどーすんだ？」

傍らの郭義がぼそっと言った。その答えがあるのならむしろこちらが教えてほしいと紅蘭は思い、胸中でため息をつき、睨み合う女官たちに歩み寄る。

「お前たち、みな仲良くしなさい。私に首を刎ねられたくなければね。これ以上言い争いを続けるのなら……その口を塞いでしまうわよ」

紅蘭は自らの唇の前に指を立て、妖艶な眼差しで女官たちを順繰り見やる。たちまち女官たちは絶叫した。

「あああぁん！　お許しくださいい紅蘭様！　先輩方に無礼な振る舞いをしてしまったわたくしたちに、どうかお仕置きしてくださいまし！」

悪化した。

李紅蘭にとって人を思い通りに動かすことなど簡単だ。周りの人間たちを思うまま手玉に取って、この地位まで上り詰めた極悪女帝。後宮を平穏に保つため、自分に都合よく動くよう女官たちの心を支配してきた。が――

ここまで変態的に慕えとは言ってない！

何がどうしてこうなった？　いったい誰の責任だ？

「紅蘭様……この変態の群れが生まれちまったのは、十割あなたの責任ですよ」

郭義が心を読んだかのように物申した。

紅蘭は何も言い返す言葉がなかった。

一触即発の現場を無理やり押さえ込んだ紅蘭は、ようやく再び帰路についた。

脱いでいる途中だった重ねた衣を一枚一枚脱いで、雑に放りながら歩いてゆく。

喧嘩《けんか》した女官たちにはすでに罰を与えてある。部屋までついてくるな——というきつーい罰だ。女官たちは涙目で紅蘭を見送っていた。

「困った子たちね……」

紅蘭は小さく呟《つぶや》いた。

「だから、全部あなたの責任ですってば」

紅蘭の着物を拾いながら後をついてきている郭義が、呆れまじりに言った。

「だってあなた、変態蒐《しゅうしゅう》集家《か》じゃないですか」

「何ですって？」

一瞬何を言われたのか分からず、紅蘭は怪訝《けげん》に振り返る。

「自覚ないんですか？　自分が変態にやたら好かれるって」

「……そんなの私が蒐集したわけじゃないわよ」

全方向に無礼な物言いではないか。さすがに異を唱えたい。百歩譲って変態に好かれるのは認めたとしても、断じて自ら集めたわけではない。

「責任逃れはやめましょうや」

郭義はぐっと顔を近づけてきた。

「面倒は御免だって顔してますけどね、あなた本当は、あの変態たちが可愛くて仕方ないんでしょう？　だから手元で甘やかすんだ」

「……そんなことはないわよ」

誰がわざわざそんなことをするものか。ただでさえ忙しい毎日を送っているのに、後宮にまで厄介ごとを持ち込まれるなんて……

「嘘《うそ》ですよ。あなたは自分を慕ってくる厄介で面倒な変態たちが、可愛くて可愛くて仕方ないんだ。そうでなけりゃ、奴らとっくに首を刎ねられてますよ。あなたの機嫌を損ねる人間が、この宮廷で生きていけるはずないんだから」

「……可愛くないわね、郭義」

じろりと睨むと、郭義はにやっと笑った。

「俺は変態じゃないですからね、そりゃ可愛くなんかありません」

「死神と呼ばれる男がまともとは思えないけど？」

ふんと鼻を鳴らして、紅蘭は帯を放り投げる。

郭義はそれを器用に受け止め、眉を吊り上げた。

「裸にはなっちゃダメですからね」

「分かってるったら」

そう答えて歩き出し、残った着物を脱ぎ捨てて、薄い白絹の衣一枚になったところで最奥の部屋にたどり着いた。

「お帰りなさいませ、紅蘭様」

紅蘭の筆頭女官が部屋の扉を開きながら出迎える。美しく品のあるこの女官は暮羽《くれは》という名で、一番長く紅蘭に仕えてくれている。

紅蘭は暮羽の頬を人差し指でちょっと撫で、嬉《うれ》しそうに目元をほころばせた彼女の横を通り抜けつつ部屋に入ると、豪奢《ごうしゃ》な絨毯《じゅうたん》の上に置かれた長椅子に腰を下ろした。

「ああ……疲れたわ」

「ゆっくりお休みになってください、紅蘭様」

安らぐ……この女官にはぜひとも変態の道を歩まないでいてほしい。

「母上の具合が良くないんですって。見舞いの花を届けておいて」

ごろりと椅子に横たわる。薄絹の裾がはだけて真白い足があらわになった。

「お忙しいとは思いますが、紅蘭様が直接お見舞いされるのが一番喜ばれると思いますわ」

「……考えておきましょう」

答えながら足を組み替える。

「紅蘭様、おみ足を仕舞ってくださいませ」

暮羽は足早に歩み寄り、紅蘭の衣の裾をささっと掻《か》き合わせた。

「殿方がいらっしゃるのですから」

部屋の端には、紅蘭を常に護衛している郭義がいる。しかし彼は腰に手をやって呆れ顔になった。

「暮羽殿、私は確かに男ですが、幼い頃から共に育った紅蘭様を見て今更どうこう思ったりはしませんよ。裸で水浴びに興じた仲でもありますし」

彼の言う通り、紅蘭は幼い頃彼の生家で共に育っている。幼馴染《おさななじみ》ともいえる間柄なのだ。それゆえ平気で不敬な態度をとるともいえる。

すると、暮羽がきりりと眉を吊り上げてかぶりを振った。

「郭義様、無礼が過ぎますわよ。紅蘭様の美しいおみ足を拝見して劣情をもよおさない殿方など、この世のどこにいるでしょうか」

「いや、ここにいるでしょうが」

「……許せませんね。もう一度よくご覧になってください」

彼女は怖い顔で紅蘭の衣の裾を鷲摑《わしづか》みした。

「ちょっとやめなさい」

「ですが、郭義様の愚かな間違いを正さなければ……」

　暮羽は困ったように訴えてくる。

　紅蘭は胸中で前言を撤回した。どうやら自分の周りに、変態道を歩まぬ女官はいならしい。心底げんなりする。認めよう……認めてしまおう……自業自得だという自覚はあるのだ。自分はこの変態たちを……可愛いと思ってしまっている。

「お前たちを御せる者など、私以外にはいないでしょうねえ」

　紅蘭は寝そべったまま、深々とため息をついた。

「お褒めいただき恐縮です」

　暮羽は照れたように頬を染める。

　褒めてはいない。

　紅蘭がまたしてもため息をついたところで、部屋の外から女官が臣下の来訪を告げてきた。紅蘭が起き上がって入室の許可を与えると、厳《いか》めしい壮年の男が入ってきた。

「あら、柳《りゅう》大臣？　どうかして？」

　男の名は柳瑛義《えいぎ》といい、紅蘭がこの世で最も信頼している臣下であった。彼は大官に相応《ふさわ》しい威厳のある佇《たたず》まいで礼をする。

「陛下が最後の敵をお打ちになった今日この日……大切なお話があって参りました。しかし、そのようなあられもないお姿とは思わず……」

「構うことはないわ、お入り」

紅蘭は長椅子の上に座ったまま、彼を手招きした。招かれた柳大臣は、神妙な面持ちで近づいてくるなり、床にへばりつく勢いで平伏した。威厳が一瞬で霧のように消えた。

「お願いがございます!!」

紅蘭はその勢いに驚き、わずかの間を挟んで応じた。

「おっしゃい」

「後宮に婿君をお迎えくださいませ!」

「…………むこぎみ!?」

予想もしていなかったその言葉に、紅蘭は素っ頓狂な声を上げてしまう。

むこぎみ……とは? あの婿君? 自分が知らないだけで、何か隠れた意味でも

あっただろうか?

紅蘭の人生に想定外のことというのはそうそう起こらないが、彼の言葉は珍しく紅

蘭の想像の範囲外にあり、頭が酷《ひど》く混乱した。

紅蘭がぽかんとしていると、

「いきなり何言ってるんですか、父上! そんなの無理に決まってるでしょう!」

郭義がいきなり怒鳴った。その呼び名通り、柳瑛義は郭義の実の父親である。

幼い頃、紅蘭は古くから斎の皇家に仕える柳大臣の家で育てられた。ゆえに、瑛義は父のような存在で、郭義は兄のような存在だったのだ。

柳大臣は顔を上げて息子を睨んだ。

「陛下が即位してもう二年。婿君をお迎えして何の問題があるというのだ！」

「いやいやいや、落ち着いてください父上」

郭義はぶんぶんと首を振って父を諭し、紅蘭を横目で見やる。

胸元と足元がはだけた薄絹を纏《まと》い、豪奢な椅子に傲然と座す女帝を上から下までじっくりと眺め、呆れたように嘲笑のまじるため息を吐《つ》いた。

「よく見てください。この天上天下唯我独尊女の夫になれるような生き物が、この世に存在してるわけないでしょう。幻獣や龍神でも連れてくるつもりですか？」

この男は本当に……社交辞令とか思いやりとか、全部丸ごと一つ残らず、母親の胎内に置いてきたのか……？

呆れ果てた紅蘭に代わり、柳大臣が息子を一喝する。

「私は真面目な話をしているのだ！　これからの陛下には良き伴侶が必要であろう」

柳大臣はどこまでも生真面目に言った。

紅蘭は最初の驚きが去ると、大臣の言葉をしばし頭の中で弄び、美しい唇を開いた。

「瑛義」

ぞっとするほど冷ややかな声で名を呼ばれた瞬間、柳瑛義はぶるりと全身を震わせた。息子の郭義も背筋を伸ばして黙り込み、傍らに立っていた女官の暮羽も身を強張《こわば》らせて息を吞《の》んだ。

自分の声が響き一つで相手の身をすくませることを、紅蘭はよく知っている。

室内はしんと静まり返り、首筋に刃物を突き付けられているかのような緊張感が満ちる。その沈黙を切り裂いて、紅蘭はゆっくりと足を組んだ。

「今の私がどれほど忙しいか、あなたは知っているはずだけど？」

「……陛下のお忙しさは重々承知しております」

「それはけっこう」

「だからこそ！　お忙しい陛下のお心を慰めるお方がこの後宮には必要だと私は案じているのです！　陛下は何でもできておしまいになる。しかも極悪女帝などと呼ばれ、みなに恐れられる始末。本当はお優しい方なのに……」

柳大臣はぶるぶると肩を震わせた。

「私は陛下のお優しさをよく知っています。幼い頃、陛下は私のために蟬《せみ》の抜け殻を拾ってきてくださったではありませんか。あんなにたくさん集めるのは大変だったでしょうに、私を喜ばせようと……」

幼い頃の思い出を語られ、紅蘭はうっと呻《うめ》いた。

「……悪かったわよ。ちょっとした悪戯《いたずら》だったのよ。あなたの寝床に、蝉の抜け殻を三百匹も忍ばせたのは」

「すみません、俺も手伝いました」

息子が申し訳なさそうに手を上げる。

「そういえば、いつだったか陛下は、私を喜ばせようと可愛らしい犬を連れてきてくださって……」

稚《いとけな》い暗黒の歴史を紐解かれ、紅蘭は頭を抱えた。

「だから悪かったってば！　悪意じゃないのよ！　狂犬みたいな野良犬を何匹も拾ってきて、あなたを嚙ませてしまったことは！　番犬にしたかっただけなのよ！」

「すみません、俺も手伝いました」

息子が申し訳なさそうに顔を覆う。

「とにかく私は陛下のお優しさを誰より知っております！　そんなお優しい陛下が極悪女帝などと呼ばれることは、身を切られるように辛《つら》いのです！　私でさえそうなのですから、当の陛下はどれほどお辛いかと思うと……心配で心配で……このままではいつか、陛下が疲れ果ててしまうのではないかと、私は……」

そこで柳大臣はうぐっと声を詰まらせた。床に突っ伏し、全身を震わせる。その姿を見て紅蘭はぎょっとした。

「ちょっと……泣いてる？」

「泣いてなど……おりませぬ……ううう……」

　いや、泣いている！

「嘘でしょう？　こんなことで泣かないでちょうだい」

「ですから泣いてなどおりませぬううううう……ただ陛下を……案じているだけなのですうううう……！」

　完全に泣いている。

「ちょっと待って、本当に泣かないで」

　紅蘭は思わず椅子から下りて、柳大臣の前にしゃがみこんだ。

「ねえ、顔を上げてちょうだい。あなたが私を心配してくれて、本当に嬉しいのよ。だから笑った顔を見せてちょうだい？　ね？」

　万人を誑《たら》し込む優美な微笑みを浮かべ、優しく彼の肩を叩く。しかし柳大臣はいっこうに泣き止《や》む気配がない。

「そんなに心配しなくていいのよ。極悪女帝と呼ばれるのはむしろ誇らしいわ。私の思い通りに周りが動いてるってことだもの。夫がいたところで今は邪魔になるだけだし、あなたが支えてくれれば十分なのよ。だから泣き止んで？　ねえ、柳大臣、お願いよ。柳大臣、ねえ、瑛義、聞いてる？　ねえ…………………………ああもう……分かったわよ！　分かった！　婿を迎えればいいのね⁉　分かったわよ！」

　とうとう耐えかねて紅蘭は叫んだ。

　途端、柳大臣は頭を上げて、涙と鼻水でぐしゃぐしゃになった顔をぱあっと輝かせた。いい年をした中年男が少年みたいになる。その変わりっぷりに紅蘭はげんなりした。立ち上がり、どかっと長椅子に座る。

「本当ですか？　了承してくださるのですね？」

「ええ、ええ。二言はないわ、婿を迎える。文句ないでしょう？」

「ああああ！　ありがとうございます、神よ！」

「神じゃなく私にお言い」

　紅蘭は目の前にしゃがむ男の膝を素足で蹴った。

「言っておくけど、私の夫になれる男はそういないわよ」

　足を組んで頬杖《ほおづえ》をつき、怒りを込めてじろりと見下ろす。

「そうですよ、父上！　紅蘭様に釣り合う男なんて地の果てどころか天の果てを探してもいるかどうか……。生半可な男なんて俺は許しませんよ！」

　父の号泣を引き気味に見ていた郭義が、大きな声で口を挟んだ。

「俺たちの大切な紅蘭様に相応しい男を、見つけられるんでしょうね⁉」

　怖い顔で詰め寄る息子に、柳大臣はしかつめらしく頷《うなず》いた。

「それはもちろん、私が命を懸けてお探しする。恐れながら、陛下はどのようなご夫君をお望みでしょうか？」

「どのようなご夫君も望んではいない」

ぴしゃりと言うと、彼はしょんぼりと眉を八の字にする。

その顔があまりに頼りなく、紅蘭は深いため息をついた。本当に狡《ずる》い男だ。紅蘭がこの男に弱いということを、彼はよく分かっている。

組んだ足を軽く揺らし、細い指先で自分の唇を軽く叩く。それは紅蘭が考え事をする時の癖だったので、その場の全員が女帝の言葉を待って黙り込んだ。

「……後ろ盾は……もういらないわ。私を脅かす力のある者など、もはや大陸に存在しない。権力のある夫を私は求めない」

「それは私も同じ意見です」

柳大臣は真面目腐って首肯する。紅蘭は更に考える。

「財力もいらないわ。この十年で国庫は十分潤った。夫の財を私は当てにしない」

「金銀も豊かな土地も、あるに越したことはありませんが、今の陛下に必要とは私も思いません」

「優れた知性も必要ないわ。それは私が持っている。賢い夫を私は求めない」

「陛下の英知はよく存じております。賢すぎる夫君は時に毒ともなりましょう」

「武力はなおのこと不必要よ。私は己を守れるし、何より私の護衛官が命がけで私を守るわ。夫に守られることを私は望まない」

紅蘭が横を見ると、当然だとばかりに郭義が頷いた。

「……困ったわね。夫に求めるものが見つからないわ。私は全部持っている」

軽く手を上げ、紅蘭は苦笑した。

「そ、それはその通りなのですが……たとえば、他に類を見ないほど美しい夫君であればどうでしょう？　日夜陛下の目を楽しませ、疲れたお心を慰めるはず。陛下に最もふさわしいのは、美しい夫君ではありませんか？」

慌てたように言われ、紅蘭は一瞬きょとんとする。ややあって、わずかに口角を上げた。

「柳大臣……残念ながら、私は美しさも持っている」

まったくその言葉通り、李紅蘭は魔物もひれ伏す絶美を誇る女なのだった。

「ううう……そ、それはその通りなのですが……しかしながら、人は自分の姿をその目で見ることはできません。後宮に美しい夫君がいることは、陛下のお心の慰めとなるのではないかと……」

取り繕うようにそう言われて、紅蘭は怪訝に眉をひそめた。この引かない態度、確信めいた物言い……まさか……？

「柳大臣……もしかして、もう相手の目星をつけている?」

途端、あからさまにぎくりと大臣の肩が跳ねた。

「瑛義?」

もう一度名前を呼ぶと、彼は恐る恐るといった風に紅蘭を見上げる。

「じ、実は……内々に話を進めております」

「……私の許しもなく?」

紅蘭は怖い微笑みを浮かべて問いただす。

この男……なんて勝手なことを……。そんな怒りが笑みの端から零《こぼ》れだす。

「お怒りならば首を刎ねてくださって結構。どうか話をお聞きください!」

急に詰め寄られ、紅蘭はいささかたじろいだ。

代わりに傍らの郭義が、値踏みするように身を乗り出した。

「それはいったいどこの誰なんです? 父上」

「必ずや陛下のお心にかなうかと。そのお相手は……脩《しゅう》国の第五王子、王龍淵《おうりゅうえん》殿下」

「脩国……」

紅蘭はよく知った国の名を繰り返した。柳大臣はぐっと顎を引く。

「はい、陛下が即位してほどなく戦で打ち倒し、属国としたあの脩国です」

「その王子を? 私は恨まれていそうだけど?」

「いいえ、このお話は脩国王直々の打診によるものなのです。属国とはいえ歴史ある大国の王子。歳《とし》は五つ上の二十五歳で釣り合いもよく、陛下のお相手として何の不足もありません。それに、脩国を完全に平定するにも良い手と思われます」

そこで足元の柳大臣は、更に距離を詰めてくる。

「何より、脩国の第五王子である王龍淵殿下は、大陸一の美貌を誇ると噂される美男子なのです。陛下の夫君に相応しいのではないかと！」

彼は必死に言い切った。紅蘭は頬杖をついたまま唇を叩いて考え込む。

しばし紅蘭の言葉を待っていた柳大臣だったが、ふと思いついたように口を開いた。

「ただ、陛下……陛下に最も相応しいのは美しい夫君ですが、陛下の夫君となるのに最も大切なものは……権力より財力より知力より武力より美しさより……陛下を最後まで愛する真心なのだということは、どうかお忘れにならないでください」

真剣な顔で見上げてくる。

「ですから……どうか、露悪的な振る舞いはもうおやめください」

彼は突然そんなことを言い出した。

「陛下、あなたは間違いなく全てにおいて正しい。ですが、こんなにも敵を容赦なくぶち殺していては、はっきり申し上げて夫君に嫌われてしまいます！」

「父上……そういうことを言われると、実際敵をぶち殺してる俺が傷つくんですが」

「郭義、お前だって陛下の正しさとお優しさはよく分かっているだろう!?」

柳大臣はキッと郭義を睨んだが、郭義はえええ……？　という顔をした。

「柳大臣、あなた勘違いしてるわよ」

紅蘭は吐息まじりに口を挟んだ。

「私が優しいなんて思い違いをしてたら、いつか痛い目に遭うわ。あなたの首を、私はいずれ刎ねてしまうかもしれないわよ」

「その日が来れば大人しく刎ねられましょう。あなたがそうお決めになったのなら、この国にとってはそれが正しいのですから」

きっぱりと言い返され、紅蘭は押し黙る。この男の真剣な顔にはどうも弱い。

「ですから陛下、夫君にもどうか優しく！　陛下の悪名は他国にまで轟《とどろ》いておりますが、実際に会って優しくすれば、夫君も陛下を愛することでしょう！　ですから優しく！　どうか優しく！」

柳大臣はぐっと固めた拳を震わせながら言い放った。紅蘭は諦めたようにこの状況を受け入れ、ふっと笑った。

「心配せずとも大丈夫よ、瑛義。夫となる人がどんな男だろうと何の問題もない。私がその気になれば、天の神も地獄の王もひれ伏すわ」

当たり前のように言われ、柳大臣は啞然《あぜん》とする。

しんと静まり返った部屋で、郭義がくっくと忍び笑いをする。

「はてさて……あなたと釣り合うほどの男なんて、はたしてこの世に存在しているんですかね、極悪非道な女帝陛下」

第一章　極悪と不貞の婚姻

李紅蘭が婿を迎える――その噂は一晩のうちに宮廷を駆け巡り、数日の間に帝都鴻《こう》安《あん》を駆け巡った。

紅蘭を慕う女官たちは嘆き悲しみ、失神した者もいるという。

大変なことになったと紅蘭は思ったが、柳大臣に弱い自分の自業自得である。

とはいえ、属国の第五王子との縁談……冷静に考えてみれば、案外程よく邪魔にならない相手なのかもしれない。そう納得し、紅蘭はその縁談を進めた。

そして瞬く間に婚礼の日がやってくる。縁談の話を聞いてからわずか二月後、秋の初めのことである。

斎の婚礼では、輿入《こしい》れしてきた正妃は初夜まで皇帝と顔を合わせることはない。男女が逆にはなっているが、紅蘭の婚礼でも同じ形がとられた。

紅蘭は相手の顔を見ることなく婚礼を終え、後宮へ向かう――ことなく、急いで仕事に戻った。

「その地方領主の首をお刎ね」

婚礼の日だというのにその言葉を言い放つ羽目になる。自分のせいではない。こんな時に謀反を企《たくら》む領主が悪い。

その後始末に追われて、政務は深夜まで続いた。

「周りの者に任せりゃいいのに」

控えて見守っている護衛官の郭義が、馬鹿馬鹿しそうに呟いた。

「女帝に弓引く愚か者の始末を他人に？　お前、私を誰だと思ってるの」

紅蘭は危険な笑みを返す。

「さすがは紅蘭様。それでまた極悪女帝の名をほしいままにする……と」

「大いに結構。史書にこの名を刻むがいいわ」

会話しながら高速で文書を書きつけ、最後の一文字を書ききり筆を放り投げる。

「お疲れ様です。ところで、今日が何の日だか覚えてますか？」

不吉なことを言われて紅蘭の疲れた頭は再び高速回転した。

「他にまだ仕事が残ってた？」

「一番大事なのが残ってますよ。ご夫君が後宮でお待ちです」

告げられ、紅蘭はほっと息をついた。

「ああ、その程度なら問題ないわ。さっさと終わらせましょう」

政務室の席を立って後宮への道を歩き出す。

郭義が後ろからついてきながら、突然肩越しに書物を差し出してきた。

「何？」

「暮羽殿から、空いた時間に渡してくれと頼まれてたんですよ。斎皇家に伝わる夜の書だとかで、ちゃんと読んどいてくださいと」

「へえ？」

そんなものがあったとはついぞ知らなかった紅蘭は、肩越しに書物を受け取り歩きながらぱらぱらぱらと高速でそれをめくった。書庫の書物は全て読破している紅蘭だが、この本には覚えがない。どうやら隠されていたと見える。挿絵や文字が混在するその書物を瞬く間に読み終え、ぽいと放り投げる。

「なるほど、把握したわ」

後ろを歩く郭義がそれを受け止める。

「割と面白かったわよ。お前も読んでみれば？」

「いや、殿方は読まない方がいいって暮羽殿に言われてるんでね」

郭義は肩をすくめて一瞬書物を開き、ぱしーんと閉じた。

「……えぐっ」

「死神と呼ばれる男なら、もっとえぐい光景なんていくらでも見てるでしょう」

「いや、それとは質が違うっつーか……」

ごにょごにょ言い訳する郭義を従え、紅蘭は後宮へ通じる扉にたどり着く。

「お帰りなさいませ、紅蘭様。ああ……とうとうこの日が来てしまいましたのね」

出迎えた女官たちがじわっと涙ぐむ。

「紅蘭様が殿方に奪われてしまうなんて……私が代わりたいですわ、婿君と」

今日も変態は絶好調らしい。紅蘭は胸中で頬を引きつらせ、さめざめと泣く彼女たちをなだめながら廊下を歩きだした。

いつも通り簪や衣を脱ぎ捨てながら進み、泣きながらそれらを拾う女官たちを引き連れて自室へと帰りつく。

「お帰りなさいませ、紅蘭様。ご夫君がお待ちです」

出迎えた暮羽が恭しく礼をしながら告げた。

「そう、今はどこに？」

「ご自身のお部屋で、お帰りを待っていらっしゃいます」

「どんな男だった？　お前の目から見て」

暮羽は口元に拳を当てて考え込み、

「そうですね……大変お美しく、品のある優雅な殿方でした」

「お前が言うならよほどね」

紅蘭はいささか感心する。何年も後宮に勤めて、美しく優雅な男などいくらでも知っている彼女がそう言うのだから、よほどの美男子に違いない。

そこで初めて、紅蘭は自分の夫となる男に興味を持った。

大陸一の美男子と呼ばれる王子……いったいどんな男なのだろう？　邪魔にならなければそれでいいと思っていたが……

しかし、そこで暮羽が表情を硬くした。

「ただ……紅蘭様は少々驚かれるかもしれませんわ」

「何に？」

「その……直接お会いになった方が分かりやすくてよろしいかと……」

「そう？　なら会いに行きましょう」

紅蘭はそのままきびすを返して部屋を出た。

「俺もお供しますよ。相応しくない男だったらさっくり首を刎ねてやらないといけないですからね」

不吉なことを軽やかに言い、郭義が後に続く。

「こちらですわ、紅蘭様」

暮羽が先導して、夫のために用意した部屋へと二人を案内した。

そこは紅蘭の部屋からいくらか離れたところにある、側室たちの部屋の一つだった。

正妃の居室は現在、皇太后である華陵が使っていて空いていない。

薄絹一枚で夫の部屋を訪ねた紅蘭は、前触れもなく部屋の扉を開け放った。

さて、待っているのはどんな男だ……？

部屋に入ると、紅蘭はそこで繰り広げられていた光景に目を見張った。

男が……立っている。男は腕の中に後宮仕えの女官の一人を抱き寄せて、彼女の唇を奪っていた。

「ああ……どうかこれ以上はお許しください……」

女官はとろんとした目で頬を上気させながら訴える。

「な……何をしてるんですか!?」

暮羽がその異常事態に声を荒らげると、男は女官から離れ、ぶっと床に唾を吐き出して振り向いた。彼の姿を見て、紅蘭は暮羽が発した言葉の意味を知った。

男は異質な色彩を纏っていた。後ろで一つに括《くく》っている長い髪が、白いのだ。いや、仄《ほの》かに光るその色は、銀に近いかもしれない。光の粒子を纏っているかのような髪だった。

白い髪に白い肌。そんな中、瞳だけが血のように赤く染まっている。それもただの赤ではなく、深紅の中に金色の光がちらついているのだ。血と黄金を溶かし合わせたかのような色彩。人ならざる者の色……

そしてその異質な色を纏ってなお、違和感を抱かせぬほど男の容姿は異常だった。異常なほど……美しかったのだ。

神仙のごとき神秘性と、宝玉の化身のごとき輝きと、男の生々しさが混在した絶妙な均衡で、異様な色気を放っている。

男は黄金の輝きを宿す深紅の瞳で紅蘭を見やった。

「紅蘭様……！」

放心していた女官がはっと正気を取り戻したように青ざめ、その場にどしゃっと崩れ落ちた。

「わ、私……なんてことを……紅蘭様に体を許すならともかく、どうして見ず知らずの殿方とこのような不埒《ふらち》なことを……」

いや、私に許されても困る……と、紅蘭は思った。

とりあえず合意ではあったらしい。近くの卓に湯気の立つ茶碗《ちゃわん》があるから、茶でも運んできたところだったのだろう。

それがいったいぜんたいどうしてこんなことに……？　訳が分からず混乱する。

「そんなつもりはなかったんです。ただ、見つめられたら頭がぼーっとなってしまって……うわあああん！　どうか私の首をお刎ねください！　今すぐどうか！」

年若い女官は泣きだして、紅蘭の膝に縋《すが》りついた。

どうしたものかと困った紅蘭は、思案の末に女官の顎をつかんで上向かせた。

「分かったわ。お前には私が後できつーい罰を与えてあげよう。泣いて逃げ出したくなるようならんときついのを。だからお下がり」

「は、はい！　どうか罰を与えてくださいませ！」

女官は涙目で祈るように紅蘭を見上げ、紅蘭が頷くのを見ると立ち上がってよろよろと部屋を出ていった。

さて……と、残された男を見ると、異形の美男子はつまらなそうに息を吐く。その吐息一つにすらぞっとするような色香が感じられた。

この男は本当に人間だろうか？　そんな疑問がわいたほどだ。

「きみが脩国の王子、王龍淵殿ね？」

「そういうあんたは斎の女帝、李紅蘭か？」

低く艶のある声に耳をくすぐられ、紅蘭はゆっくりと頷いた。輿入れしたその日に女官を誑《たぶら》かすとはどういうことか――それを問いただそうとしたところで――

「こりゃまたバケモノじみて綺麗《きれい》な王子様が輿入れしてきたもんだ」

紅蘭に続いて入室していた郭義が、背後で感嘆の声を上げた。

「しかし殿下、俺はクソ野郎が輿入れしてきたら叩き斬ると決めてここにいるんですがね……説明してくださいよ、さっきの女官殿に何をしてたんです？」

青筋を浮かせて問いただす郭義に目をやり、龍淵は形の良い唇を動かした。

「……不味《まず》い女を一匹喰《く》ってた」

その返答に郭義の目つきが剣呑《けんのん》なものになる。

「あの女官殿は、あんたの国を征服した女帝李紅蘭陛下のものです。あんたが触っていい女じゃない。首を刎ねてくださいという意思表示と取っていいですね？」

紅蘭は突然のことに頭が痛くなりそうだった。

喰ってたとはどういう意味だ？　率直に、欲望のまま女官に手を出したという意味か？　しかし、不思議とさっきの光景はそういうことをしていたようには見えなかった。彼は間違いなく女官の唇を奪っていたというのに、その瞳に劣情の色は微塵《みじん》も感じられなかったのだ。

「郭義、とりあえず下がってなさい」

紅蘭はひとまず護衛官をたしなめる。

「下がりませんよ。今すぐ斬ります、この野郎を」

「いくら私だって、初夜の晩に夫の首を刎ねたくはないわ」

「極悪女帝らしくていいでしょうよ」

「お前、そんなに私の悪評を増やしたいの？」

紅蘭がじろりと睨み上げると、郭義は突然真顔になった。

「ただあなたのことがこの世で一番大切なだけですよ。だから心配してるんです」

　真剣にそんなことを言われ、紅蘭は驚いた。まさかそんな言葉が返ってくるとは思わなかったので、しばし返答に困り、固まり、ゆるく解けるように苦笑いする。

「お前が心配するようなことは何も起きてないわ、大丈夫よ」

「大丈夫じゃない。どう見たってあれはあなたに跪く男じゃないでしょう。あの男の首を刎ねろと命じてください」

「いいから黙ってなさいって」

　とんでもないことを言う護衛官から視線をはがし、再び龍淵に目をやると、彼は手近にあった椅子に腰かけ足を組み、紅蘭を見上げていた。

　いったい何なのだろう、この男は……訝《いぶか》りながらも、紅蘭は優艶に問いかける。

「不快な話を聞かせたかしら？」

「……あんたは俺を跪かせたいのか？　残念だが、俺は生まれてこの方、人にひれ伏したことはない。ただの一度も」

　警戒を込めて龍淵を見ていた郭義は絶句し、紅蘭も一瞬驚いて目を見張ったが……一つまばたきして嫣然と微笑む。

「そう……奇遇ね、私も生まれてこの方、人にも神にも膝を屈したことはないわ。ただの一度も」

紅蘭のその言葉に、今度は龍淵が瞠目《どうもく》した。背後で激怒していたはずの郭義がひゅうと口笛を吹いた。面白がるな。

「……やはり呪われた後宮の支配者だな、あんたは」

「呪われた？」

怪訝に聞き返した紅蘭を無視して龍淵は言葉を重ねる。

「俺が自分の意思であんたにひれ伏すことはない。絶対にだ。そんな俺をあんたはどう扱う？　斎の極悪女帝、李紅蘭。首を刎ねるか？　それとも、手足を斬り落として這《は》いつくばらせるか？」

突然の陰惨な発想に紅蘭は唖然とした。人の行動を読むことは紅蘭にとって容易《たやす》い。たいがいの人間は、紅蘭の予測の範囲を逸脱しない。しかし――目の前にいるこの男の考えが、紅蘭には全く読めなかった。何を言い出すのか、何をするつもりなのか、予測がつかない。まるで、人外の獣を前にしているかのような感覚……

猛獣を飼いならすような心持ちで、紅蘭は椅子に座している龍淵の目の前にしゃがみこむ。

「そんな心配をする必要はないわ。きみはもう……私の所有物になった。だから最後まで大切にしてあげる。欲しいものがあれば言いなさい。きみが何不自由なく暮らせるよう、全てを手配しよう。きみのおねだりを何でも叶《かな》えてあげられるだけの力を、私はもっている」

床に膝をつく紅蘭を見やり、龍淵は呟く。

「……膝、屈したな」

「きみに相応しい扱いをしてあげてるの。きみの目に映る私がどんな人間かは知らないけれど……私はね、怯えて震えている子には優しいわよ。だからきみ、いい子にしなさい。私に可愛がってほしいならね」

途端、龍淵の赤い瞳が鋭く細められた。背後で郭義がぱちぱちと手を叩く。

「さすが紅蘭様、斎が誇る極悪女帝」

などと囃《はや》してくるので、紅蘭は一睨みして郭義を黙らせる。茶化すな。

龍淵が怒り出すかもしれないと紅蘭は思ったが、その想像を裏切り彼は怒りを表に出したりはしなかった。それどころか、うっすらと笑いさえしてみせた。

煽情的《せんじようてき》なその笑みにぞくりとする。これほど無駄に色気を垂れ流す人間を、紅蘭は今までに見たことがなかった。

「いい子……ってのは？」

「私の女官に触るなということよ。私は何人も夫を持とうとは思わないし、きみを最後まで大切にしようと思ってる。きみにも同じ覚悟を求めるのは酷かしら？」

その気になれば自分の目が容易く相手を射竦《いすく》める力を持つことを、紅蘭はよく知っていた。それをもって、言外に貞操と忠誠を求める。

しかし龍淵は紅蘭の圧にまるでひるんだ様子がなかった。

「脩の王は、極悪女帝の機嫌を取るために俺をこの国へ売り払った。俺の値打ちは奴隷と同じようなものだろう。あんたは好きな時に俺の首を刎ねることができる。だがな……俺は生まれてこのかた、我慢というものをしたことはない。喰いたいものを喰いたいように喰って生きてきた。首を刎ねられたところで、俺は変わらない」

深紅に燃え立つはずの瞳が妙に冴《さ》え冴《ざ》えとして、紅蘭を見据えた。

本当に何という不遜な男だろう……

この男は紅蘭の怒りを買って祖国が危うくなることを恐れていないのだ。いや……それどころか、自分の立場を守ることにさえ頓着していないように見える。言葉通り、今ここで首を刎ねられることとすら恐れてはいない。

人の掟《おきて》の枠から、とうに外れてしまった異質な何かだ。

気まぐれな獣が人の形をとって今目の前にいるかのような……まともに飼いならすことなど到底できるはずがないと、人の心をくじくほどの異質さだ。

しかしそれは、この男の目の前にいるのが、李紅蘭でなければ──だ。

紅蘭は彼を見つめ返し、愉快そうに微笑んだ。

「いいわ、好きなように振る舞いなさい。私がきみを飼いならしてあげよう。言っておくけれど、私が与えてやれないものなら、この世の誰もきみに与えることはできないわよ。飢えたくなければ上手なおねだりを覚えなさい」

「おねだりしたら、何をくれると？」

「ほしいものなら、何でも。言ったでしょう？　私はきみのおねだりなら、何でも叶えてやれるって」

そこで両者は口を閉ざし、しばしのあいだ見つめ合った。

そのまま数拍の時が過ぎ、静まり返った部屋の中に突如笑声が響いた。

ひとしきり笑った龍淵は突然手を伸ばし、紅蘭の腕を捕まえて引き寄せた。顔を近づけ、その赤い目に紅蘭の姿が映りこむほどの距離で言う。

「いいだろう、極悪女帝……呪われた後宮の主……李紅蘭。あんたに俺をやろう」

そう囁《ささや》く彼の笑みは、今までで一番危うく妖しく美しかった。

酷く恐ろしいものを差し出されたような心地がして、背筋が冷たくなる。しかし紅蘭は差し出されたそれを取った。

「もらってあげる。大切にするわ」

優艶に微笑み、背後に声をかける。

「郭義、暮羽、私たちはもう休むから出ていきなさい」

暮羽は戸惑いながらもすぐに礼をしたが、郭義は険しい顔で拳を握った。

「紅蘭様……ダメですよ」

「いいから出ていきなさい」

「紅蘭様！」

「聞こえないの？　出ていけと、私が言ったのよ」

　ゆっくり振り向いて再度言うと、郭義は息を呑んで身震いした。

「……何かありましたらすぐにお呼びくださいませ」

　暮羽がそう言い、郭義の腕を引っ張って部屋から連れ出した。

　郭義はそれに逆らわず引きずられながらも、最後まで心配そうに紅蘭を見ていた。


　さて初夜だ。紅蘭はさっき読んだばかりの夜の書を思い返す。

　もう少し早くに勉強しておけばよかったかもしれない。何度か実践練習しておけば容易く習得できただろうに……いや、結婚直前にそれはさすがに不貞が過ぎるか。何人側室を持ったところで文句を言う者はいないだろうが、極悪女帝に淫乱女帝の肩書が加わるのは不本意だ。せめて巧みな技術を持つ女官たちに見取り稽古をさせてもらえば……閨《ねや》の見取り稽古って何だ？

　明晰《めいせき》な頭脳を高速回転させて馬鹿みたいなことを考えていると——

「あの男はあんたの情夫か」

龍淵が不意に聞いてきた。二人はわずかに明かりの灯《とも》された薄暗い部屋の中にいた。女官も護衛も退室した室内は静かで、かすかに重く湿った空気が漂っている。

最奥の寝室に設《しつら》えられた寝台に腰かけ、龍淵は紅蘭を見上げた。彼の近くに立っていた紅蘭は、首をかしげて聞き返した。

「あの男って、郭義のことかしら？」

「ああ、あんたがそう呼んでた男だ」

肯定されて、紅蘭は目をまん丸くした。

郭義が、紅蘭の情夫――？

「あはは！　ありえない。私がきみに膝を屈する日が来たとしても、それだけはありえないわ！」

紅蘭は笑いながら龍淵の隣に腰かけた。一笑いしたことで、初めての閨事に対する緊張感は消え失《う》せた。昔から大抵初めてのことでも上手《うま》くやれたから、まあ大丈夫だろう。

そう腹を括って龍淵を見上げると、彼は難しい顔でこちらを見下ろしている。

ここは色っぽい空気を作るようなことを言う場面に違いない。ぴんときた。しかし人を口説くのには慣れていても、色事で口説いた経験はない。

これも練習しておけばよかった……紅蘭が今更悔やんでいると、龍淵が言った。

「あんたはこの後宮のことを何も知らないな。あの男があんたの情夫だと疑ってる奴は大勢いる」

「……何ですって？」

艶めいた言葉を放とうとした口が、どすの利いた声を出す。今、何と言った？　聞き捨てならない妄言だ。冗談として笑い捨てることもできない痴れ言《しれごと》だ。

「どこにいるの、そんな戯言《たわごと》を吐く者が」

「そこら中にいくらでもいる」

龍淵はどこを見ているのか分からないような瞳で答えた。それはあまりにも現実味がなく、彼のでたらめなのだと紅蘭は判じた。

「ふうん？　まあ、私が彼を愛していることは確かだけど」

紅蘭は足を組みながら呟くように言った。すると何故か、燭台《しよくだい》の明かりがふわっと揺れた。そちらに気をとられ、次の瞬間、紅蘭は寝台に押し倒されていた。紅蘭の顔の横に手をつき、龍淵は深紅の瞳で見下ろしてくる。

「あんたはあの男を愛してるのか？」

言葉の内容に反し、別段驚きも怒りも見せることなく淡々と聞く。

紅蘭は一考し、この何を考えているか分からない獣の心を揺り動かしたくて、本心を言ってみようと思い立った。

「私には、この世に三人だけ贔屓《ひいき》する人間がいるわ」

と、組み敷かれたまま指を一本立てる。

「一人は母上。私をこの世に産んだ人。彼女は私の成すことの全てを厭《いと》って咎《とが》めるけれど……私は彼女の全てを肯定すると決めている」

二本目の指を立てる。

「もう一人は大臣の柳瑛義。幼い頃から私を育ててくれた人。私は敵も味方も全て首を刎ねて玉座に座ったけれど、彼のことだけは殺さない。敵とか味方じゃなく、私は彼の全てを信じている」

そして三本目を……

「最後の一人が柳郭義。私と一緒に育った人。私は……彼に命を預けている」

紅蘭は間近で見下ろしてくる夫を真っすぐ見上げた。

「私はこの世で、この三人だけを贔屓する。名を付けるなら、愛というのよ」

まともな人間ならば、不快になるだろうことを紅蘭は言った。自分の妻が自分ではない他の誰かを愛していると聞かされて、喜ぶ男はいないだろう。

紅蘭はこの男を、少しばかり怒らせてみたかった。

けれど、龍淵の赤い瞳にはわずかの感情も宿ることはなかった。彼はただ、無感情に確認してくる。

「つまり、俺を愛するつもりはないと言いたいのか？」

そこには怒りも戸惑いも不安も何一つない。

「逆でしょう？　私がきみを愛するんじゃなく、きみが私を愛するの。それが私の夫になったきみの仕事よ。私が一番信じる男の言葉を借りるなら、夫にとって大切なのは私を愛する真心だそうだから」

その途端、龍淵の表情が変わった。冷たくがらんどうな人形のようになる。

「俺があんたを……愛するだと？」

「そうよ。全身全霊で、死ぬまで愛するの」

王龍淵という男が何を考えているのか知りたい……その欲求に突き動かされて紅蘭は断言した。

彼はしばし沈黙すると、奇妙に空虚な瞳で紅蘭を見下ろし無感情に口を開く。

「それはないな。俺があんたを愛することは絶対にない」

「あら、私はきみの好みに合わなかった？」

微笑み一つで相手を籠絡できる自分を知っている紅蘭は、面白がるように聞いた。

「俺は生まれてから今の今まで人を愛したことは一度もない。親も、きょうだいも、臣下も、抱いた女も男も……誰一人として……だ。俺が人を愛することはない」

彼は片手を紅蘭の顔の横についたまま、もう片方の手で自分の胸をとんとついた。

「人を愛さない……って、どうして？」

人を愛さない人間？　そんなものがこの世にいるのか？　それは意図的に？　それとも必然的に？

「……俺は呪われて生まれた人間だ。だからそういう感情はない」

呪われた……その物言いが耳に引っかかった。そういえば、彼はこの後宮のことも呪われた後宮だと評していた。呪い……とは、何だ？

紅蘭の疑問を置き去りに、龍淵は先へ進もうとする。

「俺があんたを愛することはない。だが……愛などなくてもやれることはやれる。俺はそれをよく知ってる。あんたが俺に求めるのはそれだろう？」

淡々と言い、彼は紅蘭の首筋に顔をうずめた。

おや、これは……と、さっき読んだ夜の書が頭にちらついた。

もう少し甘い雰囲気で始まるものだと思っていたが、こんなうそ寒い空気で始まることもあるのか。少し恥じらう振りなどしてみるべきか？　けれど、今の会話の流れで見せる恥じらいなんて滑稽極まりない。

遠路はるばる輿入れしてきて、紅蘭に自分をくれると言った夫を、喜ばせてやりたい気持ちはそれなりにあるのだが……下手だと思われるのもそれはそれで腹が立つし……やはり練習しておくべきだったか……

益体もないことを考えていたその時、今までに感じたことのない奇妙な感覚が全身を駆け巡り、思わず体を強張らせる。何か、得体の知れないものに触れられているような違和感……

これは……いったい何だ……？

その時、何故か部屋の窓がギシギシと不吉に軋んだ。

瞬間、頭の中で警鐘が鳴った。

紅蘭は自分の感覚を絶対的に信じている。今、自分の身には異変が起きている。その感覚を、紅蘭は信じた。

思わず制止の声を上げようとして、そこで突如気が付いた。

龍淵は額にびっしりと汗をかき、苦しそうに顔を歪《ゆが》めている。

「きみ、どうしたの？　ちょっと待って……顔を見せて！」

紅蘭は叫びながら彼の胸を押した。

「きみ……誰……？」

そんな疑問が口をついて出る。今自分に触れているのは、王龍淵という男ではない。

何故かそんな気がした。

誰何《すいか》された龍淵は紅蘭から離れて起き上がった。見下ろしてくる彼の瞳を見上げ、紅蘭はぎょっとする。

彼の瞳は──深紅に染まっているはずの瞳は──黄金色に怪しく輝いていた。

「……誰なの？」

もう一度問いかけたその時、龍淵の瞳から理性の気配が消えた。まともな思考を感じられない金の瞳が紅蘭を見下ろす。

「……許さない……みながお前を選んだ……裏切りの代償を払え……」

龍淵は唸《うな》るように言って懐から短剣を抜き、紅蘭に向けて振り下ろした。紅蘭は反射的にそれを避けると、足を振り上げて龍淵の首を刈り、ひっくり返して腹に跨《また》がった。寝台に落ちた短剣を拾い、彼の首にあてがう。やはり練習は大事だ。

「驚いたわね、いきなり何の真似《まね》かしら？」

紅蘭はわずかに息を乱しながら、怖い目で問いただした。

しかし龍淵はまるで顔色を変えることなく、紅蘭を腹に乗せたまま起き上がった。信じられない怪力。突き付けていた刃で彼の首の皮膚がわずかに切れる。

「くっ……」

押し返すことも叶《かな》わず、紅蘭は再び寝台に倒された。彼は意思のない瞳のまま、淡々と紅蘭の首に手をかける。細い首を両手できつく締め上げられ、血と息が止まる。

紅蘭はとっさに逃れようとするが、龍淵の腕はびくともしなかった。

ありえない……！　何だこの力は……！

紅蘭は剣を持てば男でもなぎ倒す。だというのに龍淵の力はすさまじく、紅蘭は身動き一つできなかった。

たちまち紅蘭の意識は飛びかけるが、その寸前でどうにか叫んだ。

「郭義！」

次の瞬間、部屋の戸がけたたましく開かれて、命を預けた護衛官が駆け込んでくる。首を絞められている主を見た途端、郭義は一足飛びで寝台に駆け寄り、剣を抜いて龍淵の首を刎ね飛ばそうとした。

紅蘭はぎくりとした。いけない！　殺すな！　そう叫ぼうとした紅蘭の前で、龍淵は襲いかかってくる郭義の剣を止めた。指先で、刃先をつまんで止めたのである。

「……は？」

郭義が理解の埒外《らちがい》にある光景に間の抜けた声を漏らす。

龍淵が剣をつまんだ指をわずかに動かすと、郭義はその衝撃で壁まで吹き飛んだ。苦しげに呻く郭義を見やり、龍淵はのそりと寝台から下りた。

獣だ……人外の猛獣が目の前に立っている。

獣はゆっくりと郭義に近づいていった。

喰うつもりだ――！　瞬間的に感じた。

「おやめ！」

紅蘭は思わず叫んでいた。すると、獣はぴたりと足を止め、緩慢な動作で振り返った。まるで感情の見えない獣の瞳が紅蘭を射る。そして次の瞬間――獣はぷつっと糸が切れたみたいに崩れ落ちた。

「え？　何？」

突然のことに紅蘭は困惑し、慎重に寝台を下りた。床には、意識を失った美しいだけの男が倒れている。

壁に叩きつけられた郭義が、よろよろと立ち上がって近づいてきた。

「紅蘭様、何があったんですか」

「……分からないわ」

苦々しく呟く。間違いなく、この男は今紅蘭を殺そうとした。獣じみた力で、紅蘭の首を絞めて……郭義の剣を素手で止めた。まともな人間にできることではない。

この男は、いったい……？

呪われて生まれた……彼のその言葉が、紅蘭の頭の中を幾重にも巡った。

初夜はつつがなく終わり、後宮にはいつもの朝がやってきた。

女帝に仕える女官たちは手巾を食いしばって悔しがり、嘆き、諦め、いつもの日常を過ごし始める。

そしてその日から、紅蘭は夫の部屋に毎晩通い始めた。一方、夫となった龍淵が部屋から出てくることはなく、紅蘭の筆頭女官である暮羽が甲斐甲斐《かいがい》しく龍淵の部屋に食事などを運んだ。

女帝陛下は美しい夫をたいそうお気に召して、誰の目にも触れないよう部屋に閉じ込めておしまいになったのだ……と、みなが噂した。

その噂もまた、女官たちに手巾を食いしばらせたが、紅蘭様がお幸せならそれでいいと、みなが温かく見守ることに決めたのだった。

そして、十日経った夜——

その日も紅蘭は夫の部屋を訪ねていった。後ろには護衛官の郭義が険しい顔で付き従っている。

「ただいま、龍淵殿」

紅蘭は部屋に入ると、朗らかに笑いながら夫に話しかけた。

「あら、今日は食欲がないの？　ちっとも食べてないじゃない」

床に座っている夫の前にしゃがみこむ。彼の傍には湯気の立つ椀《わん》が置かれている。

「ちゃんと食べさせてあげるようにと、暮羽に言いつけたんだけれど……気に入らなかった？　しょうがないわね、私が食べさせてあげるわ」

紅蘭は椀の中身を匙《さじ》ですくい、龍淵の口元に差し出した。

龍淵は唇を引き結んだまま何も言わず、匙を取ることも叩き落とすこともしなかった。彼の両手は縄で縛られ、部屋の柱に繋《つな》がれているからだ。

一国の王子としてあまりにも無様な姿だ。しかし、縛られてなお彼は奇妙なほど尊大に見える。優雅な獣が、部屋の一角を陣取っているかのようだ。

「そろそろ厠へ行く？　女官に見られないようにこっそりね？」

優しく問いかけるが、彼はそれにも反応しない。

この十日、彼は一言も口を利こうとしないのだった。

紅蘭は深々とため息をついた。

「困ったわね……どうして何も言ってくれないの？　声を聞かせて？」

困ったと言いながら、本気で困った顔は見せない。

本音を言えば、心底困り果てて突っ伏してしまいたいような心地だったが、獣を飼いならすなら弱いところを見せてはならない。

余裕の表情を崩すことなく、更に問いかける。

「ねえ、きみ……どうして私を殺そうとしたの？　私はね、命を狙われるのなんて慣れてるのよ。私を殺したがってる人間はこの世には腐るほどどいる。だけど……さすがに夫にまで命を狙われるとは思わなかったわ」

いや、正直なところ、そんなことはたいした問題じゃない。本当の問題は、彼がまともな人間ではないということだ。あの謎の剛力、金に光る目。明らかに普通の人間ではない。自分はいったい……何を夫にしてしまったのだろう？

「紅蘭様、いいかげん斬り捨ててしまいましょう。こいつは何もしゃべりませんよ」

郭義が後ろで剣に手をやりながら言った。

「ダメよ。脩と事を構えるつもりはないの」

「じゃあこのまま死ぬまで飼い殺しにするおつもりで？」

「できれば可愛がってあげたいわ」

「甘いですよ、極悪女帝らしくもない」

夫を縛って監禁しておきながら甘いも何もないと思うが、実際飼い殺しなどという状況を長期間続けるのは不可能だ。ならば懐柔するしかないだろう。

それに紅蘭は、どうしてだかこの男を痛めつけたいという気持ちがしなかった。数えきれないほど敵の首を刎ねてきた紅蘭だが、自分の命を狙ってきたはずのこの男を何故か敵だと思えない。どうしてだろうかと幾度も考え、気が付いたことがある。

そもそも紅蘭は、人間に命を狙われたという気がしていないのだ。人外の理屈で動く獣……ならば、襲われたところで驚く必要はない。

ふと記憶の奥に眠っていた情景が頭に浮かび、紅蘭は黙りこくっている龍淵の顔を覗《のぞ》き込んだ。

「私、ずっと前に虎を育てていたのよね」

「…………虎？」

聞き返され、紅蘭は驚く。十日ぶりに聞いた龍淵の声だった。彼は怪訝な顔で紅蘭を見返している。紅蘭の胸はにわかに高鳴った。暗闇で凶器を突き付けられたみたいな危うさにドキドキする。紅蘭はその高揚を顔に出さず頷いた。

「ええ、狩りの途中で怪我《けが》した仔虎《ことら》を拾って、育ててたのよ」

頭の中に在りし日の姿がよみがえってくる。

「何年も前に病気で死んでしまったんだけど、やんちゃで可愛い子だったわ。きみを見てると、あの子を思い出す。私、獣を世話するのはわりと得意よ」

紅蘭は花がほころぶように笑った。背後で郭義が唸るように口を挟む。

「周りの人間は大変でしたけどね。奴はあなたにしか懐かなかったから」

「そこがまた可愛かったのよね」

「俺は奴に嚙まれたことあるんですが」

「あの子は意外とお前を好きだったわよ」

「……やめてくださいよ。目から鼻水が出そうになるでしょうが」

その言い方に紅蘭は思わず吹き出した。そして龍淵に向き直り、彼の腕や胸に触れた。骨格はしっかりしているが、筋骨隆々というほどではない。

「きみ、それほど鍛えているようには見えないのに……あの力は何だったのかしら？しなやかな体で鍛えもせずに剛力を操って……本当に綺麗な獣みたい」

ふと懐かしさが込み上げてくる。これは本当に人間じゃないのかもしれない。人間に見えるのは皮一枚のことだけで、はぎ取ってみればその下から全く違う生き物が出てくるのかもしれない。凶暴で美しく恐ろしい獣が……

「きみ、私の虎の生まれ変わりかしら？」

人ならざる深紅の瞳をじっと見つめる。

「紅蘭様、勘違いしちゃいけない。これは奴と違いますよ。あなたの敵にしかならないモノだ。目的を吐かせた後で首を刎ねましょう。お前、言い残すことはあるか？」

郭義が思い出話を断ち切るように、じろりと龍淵を睨みつけた。

「郭義、脅すのはやめなさい」

そんな脅しに意味はない。王龍淵という男に脅しは効かない。獣に脅しなど効くはずがないのだから。

紅蘭は郭義を黙らせ、再び龍淵の方を向く。

「私の命を狙った理由を教えて？　事情によってはきみを解放してあげられる」

　すると龍淵は、何を考えているのか分からない目をして言った。

「……あんたを殺したいと思ったから」

　突然の殺意を向けられ、紅蘭は酷く驚いた――ということもなかった。人から憎まれることに、極悪女帝たる紅蘭は慣れている。

「祖国を侵略された恨みかしら？　けれど昨夜の行為は、むしろ祖国を危機に陥らせるものだと思うわよ？」

　滅ぼしてくださいと言っているようなものだ。

「さあ……国のことなんか俺にはどうでもいい」

「なら、誰かの命令？」

　すると彼は、馬鹿馬鹿しそうに目を細めた。

「俺は人の命令を聞いたことはないし、言いなりになったこともない。俺は自分の意思以外で動いたことは一度もない」

「じゃあどうして？」

「あんたを殺したいと思うのに理由がいるのか？」

　いいえ、理由なんかいらないわ――とか答える人間がいるなら見せてほしい。

　紅蘭はさすがに呆れた。初夜で命を狙われて、理由は何もない……極悪女帝でなくとも首をお刎ねと言いたくなると思う。

「いくら極悪女帝でも、殺意の理由くらいは欲しいわ」

「……あんたが極悪女帝だろうが何だろうが、俺にはどうでもいい話だ。あんたが後宮の奥深くに閉じこもってる深窓の姫君だったとしても関係ない。あんたが李紅蘭だというだけで、俺はあんたを殺したい」

言われて紅蘭はぴたりと動きを止めた。表情も消し、真顔で彼の赤い瞳を観察する。

理由が……あるのだ。彼にとっては明確な何かが、あるのだ。こちらには想像もつかないような何かが、あるのだ。そのことを確信する。

今ここで殺しておいた方がいい……直感的にそう思った。

紅蘭は自分の感覚を絶対的に信じている。この男は殺しておいた方がいい。脩国と再び戦になっても、今ここで殺しておいた方がいい。そのぐらいの危険物だ。

己の直感がそう叫んでいる。そして紅蘭は、自分の直感に従って生きてきた。

「それで……暗殺に失敗したきみはこれからどうするつもりなの？　まだ、私の命が欲しいの？」

「ああ、俺はあんたを殺すよ」

異常な言葉を、当たり前のように彼は紡いだ。

背後の郭義が剣の柄《つか》に手をかけた気配がした。

かつてないほどの激しい警鐘が紅蘭の中で鳴っている。心臓が痛いほど鼓動する。

人を思い通りに動かすことなど、紅蘭には簡単だ。人の考えを察することなど容易いことだ。だが、この獣が今何を考えているのか……何故紅蘭を殺そうなどと考えているのか……紅蘭には想像もつかない。そして自分に分からないことならば、他の誰にも分からないだろう。

紅蘭に明らかな殺意を抱く人外の獣……やはりこの男は殺さなければならない。それが最善だ。この直感が外れることは絶対にない。そう確信し――

「いいわ、きみを解放しよう」

しかし紅蘭はそう言っていた。

龍淵の目がわずかな驚きを示して見開かれた。

しかし彼以上に紅蘭は驚いていた。生まれて初めて、己の直感に逆らった。自分は今、とても危険なことをしようとしている。それが分かり、背筋が冷えた。

「郭義、彼の縄を解いて」

「……何言ってるんですか？　紅蘭様」

「彼の縄を解けと言ったわ」

たちまち郭義の額に青筋が浮く。

「ふざけるんじゃないですよ！　この男はあなたを殺そうとした！」

「そうね、だけど……彼の後ろには本当に誰もいないと思うわ。誰の命令も誰の助力も、そこにはないと思うわ。ねえ、龍淵殿。きみの言う通り、きみは人の指図で動くようには見えないわ」

「ああ、最初からそう言ってる」

「ならば、きみの気持ち一つ変われば何の問題もないということでしょう?」

紅蘭は軽やかに微笑んだ。首筋を、一筋の冷や汗が流れる。これほど危険なことをしようとしたことはない。猛獣の牙の前に柔らかい首筋を差し出すような行為だ。

「私がきみの気持ちを、変えればいいだけのことでしょう?」

笑みのまま、なおも言う。すると龍淵はわずかに表情を歪めた。

「俺の気持ちを変えるだと? 馬鹿げた妄想だな。あんたにできるのは、今すぐ俺を始末して呪いを一つ増やすことだけだ。呪われた後宮を支配する極悪女帝」

彼は頑として言った。その言葉に紅蘭は眉をひそめる。

「……きみ、どうしてこの後宮が呪われていると思うの?」

出会ってから、彼は幾度かその言葉を口にした。確かに、愛憎渦巻く後宮は呪われた場所と言えなくはないだろうが……彼が言っているのはそれといささか違うように思う。

紅蘭の頭には、初夜の床で見た彼の目が残っていた。黄金に輝くあの瞳と、触れられた時の違和感。紅蘭の首に手をかけた彼は、今の彼と同じ人間には見えなかったのだ。そして、呪われて生まれたという言葉……

「説明したところであんたには分からない」

あの時と違い、はっきりと理性の宿る赤い瞳が紅蘭に据えられた。

「きみが話すことを、私は理解できると思うわ。教えてちょうだい、きみのことが知りたいの」

「知ってどうする？　どう言おうと俺が呪われて生まれた事実は変わらない。この後宮が呪われている事実も変わらない。俺が永遠にあんたを殺そうとし続けることも変わらない……それを知って、あんたはどうするというんだ？」

龍淵は艶のある笑みを口の端に乗せ、かすかに首をかしげた。

試されている……と不意に感じた。断片的な言葉を投げかけ、怪しげな言葉をちらつかせ、彼は今、紅蘭を試している。

巨大な獣の牙が、喉元に食い込んでいるような気がした。

さあ……斎帝国に君臨し、全てを支配する極悪女帝の顔をしようか。

紅蘭は優艶に微笑んでみせた。

「きみを最後まで夫として大切にすると約束するわ」

「………何だと？」

初めてはっきりと、彼は驚きの表情を浮かべた。その反応にかすかな満足感を覚え、紅蘭はふっと笑う。

「殺したければ殺せばいい。きみがただ自分の意思で私を殺したいと思うなら……好きにやってみるといい。私は何も困らない」

平然と断言した。

この男が何をしたところで、紅蘭が困ることはない——わけはない。こんな得体の知れない猛獣に好き勝手される？　とんだ悪夢だ。背後にどこかの国の陰謀があるという方がよほどましだろう。

それでも紅蘭は、困らないという顔をしてみせた。

「私を殺したいということは、きみは私が憎いんでしょう？」

嫣然と微笑みかけ、疑《うたぐ》るような目をしている龍淵の縄を解いてやる。

郭義が咎めようとしたが、紅蘭はそれを片手で制した。

「だったら、きみが私を愛するようになればいいだけの話よ。憎しみは好意よりずっと愛に近いわ」

全てを聞き出すのは彼を飼い慣らした後の話だ。そうでなければ、この男は何一つしゃべるまい。たとえ千回首を落とされたとしても、口を割ることはないだろう。

しかしそこで、龍淵の表情が突如色を失った。

「俺があんたを愛する……？　それは無理だと言ったはずだ」

虚無を具現化したかのようながらんどうの瞳が紅蘭に向けられている。確かに鮮烈な深紅を湛《たた》えているのに、その内側には何もないのだと何故か感じる。

そのあまりの虚《うつ》ろに、ぞっとする。

「俺があんたを愛することはない。そういう感情が俺には備わっていない。そんなものを俺に期待するな」

冷たく告げられ、背筋が凍る。それでもなお、極悪女帝の顔をし続ける。

「大丈夫よ」

わずかの戸惑いも見せることなく言ってのける。こう言えなければ、李紅蘭である価値はない。

「私は今まで、望んで思い通りにならなかったことは何もない。だから、きみは私を愛するようになるわ」

傲然と笑ってみせると、龍淵は絶句した。

「私はきみを夫に迎えた。最後まで添い遂げるつもりでそうしたし、そうすると決めたことをやり遂げなかったことは一度もない。だから……きみがここから逃げることはもうできないの。王龍淵、きみは私を愛するわよ」

第二章　背徳行為の正体

紅蘭は龍淵に、後宮で自由に振る舞うことを許した。

郭義も暮羽も最後まで反対していたが、紅蘭が本気で決めたことを彼らが覆せたことはないのだった。

しかし紅蘭は、すぐ己の行動を後悔する羽目になった。


「紅蘭様！　龍淵殿下が女官を無理やり誘惑して押し倒そうとなさいました！」

その報告を受けたのは彼を解放した日の夕方のことである。

服を放り投げながら歩いていた紅蘭は、危うくひっくり返るところだった。

解放した途端この仕打ち……いったいどういうつもりだ!?

そういえば、婚礼の日も彼は同じことをしていた。

ただの女誑《おんなたら》しなのか？　それとも自分に対する嫌がらせ？

部屋を訪ねて理由を問うても、龍淵は知らん顔で何も答えようとしなかった。

「お助けください！　龍淵殿下が護衛官たちを部屋に引きずり込みました!!」

その報告を受けたのは更に翌朝のことだ。

龍淵の護衛官に任命した二人の男を、彼は容易く誑し込んだのだという。

紅蘭は寝台から転げ落ちた。

意外なドジを見せた主にキュンとしている女官たちはさておき、紅蘭は混乱した。

ちょっと待て……状況が変わってくる。

今度の相手は男？　女誑しどころか男誑し？　守備範囲はどうなってるんだ??

問うてももちろん答えは返ってこない。

「何とかしてください！　毎日毎日龍淵殿下が後宮中を物色なさるので、女官たちは怖がって部屋から出られません！」

悲痛な声で訴えられたのは五日後のことである。

紅蘭は完全に頭を抱えた。

何故人は行動を起こす前に後悔することが出来ないのか……今すぐ数日前に時を戻して、彼の首をひっそりと刎ねてしまいたい気持ちになっていた。

何より恐ろしいのは、これらがみな合意の上であるということだ。

龍淵に見つめられるとみな何も考えられなくなり、ふらふらと誘惑にのってしまうのだという。ぼうっとしている間に唇を奪われてしまったと、彼らは一様に証言した。

「あんなの……あんなの心臓が持ちませんわ！　お願いですからどうか！　これ以上私たちに紅蘭様を裏切らせないでくださいまし！」

女官たちは必死の形相で懇願してきた。

裏切り——とは言うものの、不思議なことに行為はそこまでで、龍淵は唇を奪う以外のことを何一つしないらしい。

手当たり次第に老若男女の唇を奪う……どういう趣味だ？　新手の変態か？


そして彼を解放してから十日目の朝——

「おはよう、龍淵殿。よく眠れた？」

紅蘭は彼の部屋を訪ねて行った。

お願いだから彼を何とかしてくれと泣きつかれた末のことだった。

正直、こんなことになろうとは紅蘭自身も思っていなかったのだ。彼を生かしているのは紅蘭なのだから、責任の所在が自分にあることは分かっている。

高価な調度品で整えられた部屋は煌《きら》びやかで美しく、それでいて上品さを失わぬ最上級のものだ。二間続きの奥の部屋が寝室で、声をかけると薄暗い寝台に横たわっていた男がのそりと起き上がった。

「……うるさい」

龍淵は寝ぼけ眼で呟いた。機嫌が悪そうだ。

「嫌な夢でも見た？」

紅蘭は彼に近づき、寝台の端に腰かけた。

「髪がぐしゃぐしゃね」

寝ぐせのついた虎を思い出し、笑いながら手を伸ばして更にぐしゃぐしゃと乱してやると、龍淵はその手をぺしっとはたき落とした。

「……触るな」

「触られるのは嫌い？」

「……俺の中に入ってくるな……俺を犯すな」

龍淵は未《いま》だ寝ぼけた様子で苦々しげに言う。鋭い牙をもった獣の寝床に侵入したみたいで、変な緊張感がある。

しばらく眺めていると、彼は次第に覚醒してきたのか、紅蘭と視線を合わせた。

「何しに来た？」

「きみを叱りにきたわ。可愛い女官や護衛官たちが泣くものだから」

龍淵はすぐ事情を察したらしかったが、興味なさそうな顔を崩さなかった。

「みんなきみの色香に惑って困ってるのよ。ちょっとやめてあげて」

「俺は喰いたいものを喰いたいように喰うと言ったはずだ。気に入らないなら極悪女帝のやり方で黙らせればいい」

冷ややかに拒絶の言葉を放ち、自分の首をとんとんと叩いた。

「……きみがどうしてああいうことをするのか分からないわ。きみは何というか……あまり欲がなさそうに見えるのに」

紅蘭は彼を頭から足まで眺めて言った。

不埒で異常なことを彼はしている。不遜で、一見欲望のまま行動しているかのように見える。だというのに、不思議とこの男には欲望の気配がない。色欲というだけの話ではなく、あらゆる意味においてだ。

「きみ、他に欲しいものは何かないの？」

「あんたの命」

即答されて紅蘭はふふっと笑った。

「それが欲しいなら、理由を教えて」

彼が紅蘭を殺すことで得る利益など何もない。ただ、女帝を弑《しい》した罪人として処刑されるだけのことだ。国の行く末に関心がなく、誰の命令にも従うことのない彼が、何の利益もなく紅蘭を殺したいというなら……それは感情が動機ということになる。

「きみは私が憎いんでしょう？　けれど、私はきみと過去に会ったことがないわ。出会ったことのある人間なら、私は覚えている。私はきみと会ったことがない。なのに私を憎むのは何故？」

紅蘭は独り言のように問いかけながら反応をうかがった。龍淵の反応は薄く、こちらの言葉は表面をなぞるだけで彼の内側に届いていないと感じる。

「あ！　もしかして……本当は私を恋い慕っていて、愛情の裏返しで憎んでいるなんてことは？」

紅蘭は半ばやけになって聞いた。もっとも、そういう動機で命を狙われたことがないわけではないので、半ば本気もまじっていた。たちまち龍淵は渋面になった。

「俺は人を愛したことはない。憎い人間なら一人いる。それがあんただ」

てきめんに反応があって、紅蘭は少し嬉しくなった。

「それならせいぜい頑張って私の命を狙ってね」

懐から櫛《くし》を取り出し、ふりふりと振ってみせる。

「……何だ？」

「女官たちはきみを怖がって、ここに近づきたくないと言ってるわ。仕方がないから私がきみの面倒を見てあげる。言ったでしょう？　獣の世話は得意だって」

彼の肩を押して後ろを向かせる。そしてぐしゃぐしゃになった白銀の髪を梳《くしけず》り始めた。嫌がるかと思ったが、龍淵はおとなしくしている。しかし喜んでいる風でもなく、まばたきしている間に喉元を喰い千切られそうな危うさがある。

「そろそろ斎風の新しい衣を仕立てましょうか？　きみは青が似合いそうね」

「興味ないな」

紅蘭の何気ない提案を、龍淵はすげなく切り捨てる。

「結い紐も新しくする？　宝玉がついたのでもいいわね。きみは赤も似合いそうよ」

「どうでもいい」

取り付く島もない。

「まあ服を着るのって面倒だものね。裸で過ごしたいわ。案外黒も似合いそう」

「俺は何でも似合うよ」

彼は堂々と言い放った。確かに彼ならどんな色も従うだろう。

「そうね、きみは何でも着こなせそうだわ。うんと派手なものでも」

「あんた……俺を愛玩動物にでもしたいのか？」

龍淵は妙に澄んだ目で振り返った。その透明感にぞっとしながらも、紅蘭は笑顔で彼に前を向かせ、瞳に合わせた赤い結い紐で髪を結ってやった。

「結局、皇帝の後宮に入るってそういうことでしょう？　その先何者になるかは才覚次第でしょうけどね。きみは何になりたいの？」

「……そういうあんたは？」

「私？　私は李紅蘭よ。他の何者にもなる必要はない」

紅蘭がそう言ってのけると、龍淵は目だけで振り向いた。

「……その考えを変えてやろうか？」

「何ですって？」

「自分の無力を、自覚させてやろうか？」

きた……と、思った。瞬間、全身が粟立《あわだ》つ。

彼が何かを仕掛けてこようとしている。今まで断片的で怪しげな情報だけをちらつかせていた彼が、試すように、探るように、紅蘭を見ている。

龍淵はこちらに向き直り、さっきまで髪を梳《す》いていた紅蘭の手を摑《つか》んだ。

その時、寝室の扉が乱暴に開かれた。

「紅蘭様、護衛官をまいて勝手にうろちょろするのいいかげんにしてもらえませんかね。しかもこんな男の部屋に一人で入るとか……冗談じゃないですよ」

怒り心頭の郭義が怖い顔で入ってきた。

死神と呼ばれる護衛官の怒りっぷりを案じているのか、扉の陰から何人もの女官がはらはらと中を覗き込んでいる。

「ほら、帰りますよ」

郭義はずかずか近づいてきて、紅蘭の手をつかんでいる龍淵の手を叩き落とした。

「紅蘭様から離れろ、色魔」

目を吊り上げて睨みつける。この護衛官が今すぐ龍淵を斬り捨てても驚くには値しないなと紅蘭は思い、何気なく郭義を見上げてふと眉をひそめる。

「郭義、お前体調でも悪いの？　顔色が悪いわ」

「え？　朝から頭痛が……いや、そんなことどうでもいいでしょうが」

「風邪でもひいた？　だったら休んで……」

そう言いかけて、紅蘭ははっと気がついた。龍淵が、郭義を凝視している。それを見て紅蘭はぎょっとした。龍淵は、嘲るような薄ら笑いを浮かべていた。

「何が可笑《おか》しい」

郭義もその笑みにすぐ気づき、不愉快そうに吐き捨てる。

龍淵は何も答えることなく寝台から下りた。郭義の前に立ち、彼に向かってゆっくり手を伸ばす。

「……おい、何だよ……」

警戒心を纏わせて、郭義は距離をとろうと一歩下がろうとしたが――

「動くな」

龍淵は静かに一言命じた。美しい深紅の瞳が郭義を真っすぐに射る。途端、郭義は射竦められたかのように動きを止める。数多《あまた》の首を斬り、死神と呼ばれた男が、冷や汗をかいて固まってしまったのだ。彼は眩暈《めまい》を起こしたようにくらりと体を傾《かし》がせる。

その場の全員の驚きを受け、龍淵は郭義の胸ぐらをつかんだ。

「口を閉じるなよ」

そう告げた次の瞬間——龍淵は郭義の口を嚙みつくような角度で塞いだ。

郭義は逃げるどころか指一本動かすことなく固まっている。愕然《がくぜん》とした女官たちの口から変に甲高い悲鳴が漏れる。紅蘭は啞然としてその光景を眺めた。

数拍の間静寂が続き、龍淵は郭義を解放した。ぶっと唾を床に吐き出し、何故か冷や汗をかきながらふらふらと寝台に戻ってゆく。その瞬間、彼の瞳が金色に光っているのを紅蘭は見た。

「くそが……くたばれ……」

そう呟き、龍淵はばったりと寝台に倒れてしまった。

放心している郭義や女官たちを横目に、紅蘭は龍淵の腕を引いた。

「きみ……何したの？」

すると龍淵は苦しげな顔で紅蘭を探るように見据えた。

「……教えてやろうか？　俺が何なのか、何をしたのか、知りたいか？」

瞬間、紅蘭は彼の赤い瞳に吸い込まれそうな気がした。

これはきっと、罠《わな》だ。けれど……飛び込まなくてはならない。今掴まなければ、この獣は逃げ出してしまう。

「ええ、知りたいわ」

紅蘭が迷わず答えると、龍淵は手を伸ばして紅蘭の長い髪を一房掴んだ。

「なら、初夜の続きをすればいい」

「……どういうこと？」

「そうすれば、俺が何に呪われてるのかあんたにもすぐ分かる」

挑発するように言われ、紅蘭が答えあぐねていると、

「冗談じゃねえぞ……」

怒りを沸騰させた郭義が低い声で呟いた。

「お前みたいな不埒な男に、俺たちの大事な紅蘭はやらん!!」

真っ赤な顔でそう怒鳴りつけ、彼は紅蘭の腕を掴んで立たせると、無理やり引っ張って部屋から連れ出した。

「きゃあああ！　修羅場よ！　郭義様頑張って！　紅蘭様を龍淵殿下から私たちの手に取り戻して！」

部屋の中から、女官たちの黄色い悲鳴が追いかけてくるのが聞こえた。

その声が次第に遠のいてゆき――

「紅蘭！　あんな男とは今すぐ別れろ！　俺が許さん！」

郭義は紅蘭を引きずって廊下を歩きながら怒声を上げた。

「……郭義、不敬よ」

「すんません！　李紅蘭女帝陛下！」

怒りをぶつけるように謝罪し、そこで彼はやっと立ち止まった。

「子供の頃みたいな呼び方はやめて」

「申し訳ありません。いやでも……うがあっ！　ちょっとそこの扉ぶち壊していいですか!?」

「馬鹿」

紅蘭は呆れて言った。

「クソ親父《おやじ》……なんであんな男を紅蘭様の婿に……」

郭義はぶつぶつと恨み言を言い出した。

「ちょっと落ち着きなさい、話ができないわ」

紅蘭がなだめると、郭義はようやく落ち着きを取り戻した。

「そうですね、落ち着きましょう。父上に、今すぐ手頃な側室を探させることにします。あのゲス男は飼い殺しにでもしておけばいいですよ」

いや、まだ落ち着いていないようだ。

「郭義、お前今、龍淵殿に口を吸われたわよね？」

紅蘭が確認すると、郭義はびしっと凍り付いた。

「やめろ……やめてください紅蘭様、本当にやめてください。俺がこの場で泣き崩れたらどうするんですか」

妙に据わった目で訴えてくる。しかし紅蘭は容赦なく聞いた。

「お前ならいくらでも逃げられたと思うけど、何故逃げなかったの？」

「何故って……目が合ったら何でだか体が動かなくて……頭がくらくらして……」

説明するうち、郭義の顔はみるみる赤くなってゆく。

「まるでおかしな薬でも使われたみたいね……」

「何だとあいつ！」

郭義はカッとなって目を吊り上げる。彼の情緒は完全に安定を失っていると見える。

「ただのたとえ話よ。だけど……そうね、どう考えてもおかしいわ」

彼がどうやって人を誑《たら》しているのか……紅蘭自身にその方法を使ってくれれば確かめられるのだが……

「ダメですよ、紅蘭様」

郭義が心を読んだみたいに咎めた。

「あの男はあなたの命を狙ってるんだ。間違ってもあんな男の口車に乗っちゃいけません。初夜の続きなんて言語道断！」

「分かってるわよ」

「本当ですか？」

「本当よ」

「本当に本当ですか？」

「……どうして疑うの？　私がお前に嘘を吐いたことがある？」

紅蘭は真摯に問いかける。すると郭義は引きつった笑いを口の端に乗せた。

「百万回くらいある気がしますけどね……綺麗な目でよく言えるな」

そこで急に表情を引き締める。

「だけど……今回だけは嘘を吐かれちゃ困るんです。だって紅蘭様……あなた、あの男を気に入ってるでしょう？」

問われて紅蘭は目をぱちくりさせた。

あの男を気に入ってる……？　紅蘭が、龍淵を、気に入っている……？

「お前、私が彼に散々苦労させられて大変な思いをしてる時に、何馬鹿なことを言ってるのよ。私がどれだけ頑張って彼を飼い馴らそうとしてると思ってるの！」

思わず声を荒らげる。

本当なら殺しておくべき危険物を手なずけようというのだ。命がけでやり取りしているというのに、何をのんきな……

しかし郭義はその言葉を聞いて、思い切り項垂《うなだ》れた。膝に手をついて前屈《まえかが》みになり、盛大なため息を吐く。

「あぁーくそ……やっぱりか……あーくそったれ！」

「やっぱりって何よ」

紅蘭は怪訝な顔で問いただした。すると郭義は顔を上げ、じろっと紅蘭を睨んだ。

「知ってましたよ、分かってましたよ、最初から嫌な予感はしてたんですよ。あなたがあいつを気に入るんじゃないかってね。紅蘭様……あなた、自分の思い通りにならない厄介で面倒で危険で煩わしい変態が好きでしょう？」

顔面を指さされて断言され、紅蘭は唖然とした。

「あなたの考えてることなんてお見通しですよ。大変だとか厄介なことになったとか何て面倒な奴だとか……そんなこと考えてるつもりなんでしょうけどね、あなたは何でも思い通りになるから……何でもできてしまうから……自分の思い通りに動かない面倒な変態が可愛くてしょうがないんですよ！」

護衛官の大声が頭の中に響き、紅蘭は完全に硬直した。

周りを取り巻く変態絶好調な女官たちの姿が頭に浮かぶ。続けて、今まで出会ったともないような、危うい人外の獣のような男の姿が……

「でも、今度ばかりはダメですよ」

郭義は紅蘭の思考を遮ってきつく言った。

「あれの誘いに乗るのはダメです」

「……それは分かってるったら」

「本当ですよ？　約束ですよ？」

真剣な瞳が紅蘭に真っすぐ向けられる。彼がどれだけ紅蘭を想《おも》ってくれているか、誰よりよく知っている。

紅蘭は一つ深呼吸し、その真摯な思いに心を込めて答える。

「ええ、約束するから落ち着きなさい」

「約束しましたね？　俺を裏切ったりしませんね？」

「裏切らない。龍淵殿の口車に乗ったりはしないわよ」

紅蘭はそう言って郭義の腕を強くつかんだ。

そしてその日の深夜——

「きみの口車に乗りにきたわ」

紅蘭は龍淵の部屋を再び訪れた。

龍淵は朝着ていた薄絹のままで寝台に寝ころんでいた。

「本気か？」

「本気よ」

「自分を殺したがっている男を知るために、体を許すと？」

嘲るように言い、のそりと起き上がる。

紅蘭は彼の寝台の端に腰かけた。この事態を知ったらまた郭義が憤激するに違いないと思いながらも、躊躇《ためら》いはない。虎の巣穴に入ってでも、紅蘭はこの男を知りたいと思っているのだから。

「教えてちょうだい。呪いとは何？　何故私を殺したいの？　きみ、この後宮で何をしてるの？」

するとと龍淵は真顔になって紅蘭を見据えた。相変わらず思考が読めない。

時が止まったかのような静けさが部屋の中を侵略する。しばしその静寂に身を浸していると——突如、寝台の横に置かれていた花瓶が割れた。けたたましい音を立てて真っ二つに割れた花瓶が、台から落ちる。

突然のことに驚き、紅蘭はびくりとする。

「驚いた……何なの？」

呟くと同時に、室内は突如真っ暗闇になった。火が、消えたのだ。何も見えなくなった室内で、紅蘭は眉間にしわを寄せて目を凝らす。

「どうして明かりが……」

「知りたいんだろう？」

耳元で、低く甘い声が囁いた。はっと声の方を向くが、暗すぎて輪郭程度しか分からない。それでも、そこにあれがあるのだと分かった。

あの、何を考えているか分からない、美しい獣の目が。

「見せてやるよ……」

龍淵の手が暗闇の中を伸びてきて、紅蘭の体を抱き寄せた。ぞわぞわとした感覚が足元から這い上がってくる。これは紅蘭の首を絞めた手だ。紅蘭を、殺そうとした手だ。その手を――紅蘭は受け入れた。

見えない相手の顔を見ようと、紅蘭は自分を抱いている龍淵を凝視する。と、彼の手が紅蘭の頰に触れた。位置を確かめるようになぞられ、何をしているのかと訝ったその時――紅蘭の唇は柔らかなもので塞がれた。

湿りけのあるその柔らかな感触は、紅蘭が今までに感じたことのないものだったが、自分が彼と唇を重ねているのだと分かるのにさほどの時間はかからなかった。

彼が、この後宮で様々な者たちにしてきた行為だ。それを今、自分もされている。

龍淵は合わせた唇の隙間から言った。

「口を開けろ」

紅蘭はおとなしくその言葉に従った。これはまずい……と、冷静な頭の一部が考える。今、何を要求されても、自分は彼に逆らわない。それが分かってしまう。この先にあるものを知りたいという好奇心に、抗《あらが》えない。

薄く開いた唇から、熱い肉の塊が入ってくる。舌を絡められてくすぐったいような奇妙な感覚がする。例の書には、こんなときどうすればいいと書いてあったっけ？　頭の中で紙面をめくるが、的確な答えは見つからない。そもそも、今どういう目的でこの行為に及んでいるかも分からないのに……そんなことを考えていると、龍淵は唐突に紅蘭を解放した。放り投げられるように放されて、体を傾がせる。

「……あんたの見たがったものだ」

そう呟き、龍淵は紅蘭の背後を指さした。

寝台の上で反転し、振り返った背後に広がっていた光景を目の当たりにして、紅蘭の思考は停止した。

暗闇の中、それは確かにそこにいた。

寝台の上に、女の生首が転がっている。どう見ても死体……であるはずのそれは、ぎょろりと目を開いてゲラゲラと笑い出した。

紅蘭がとっさに体を動かしかけると、背後から龍淵の腕が紅蘭を抱きしめた。

「逃げるな。あんたが知りたいと言ったんだ」

奈落の底から響いてくるような声で囁く。

ずるりずるりと音がして、そちらを見ると白い衣を纏った女が寝台の端から這い上がってくる。女には、手足がなかった。四肢を斬り落とされて血を流しながら、芋虫のように這って紅蘭に近づいてくる。

いや、それだけではない。部屋の中に目を向けてみれば、そこかしこにそういうものがいるのだ。一つや二つではない、十は超えているだろう。暗闇の中、それらは奇妙にくっきりと見える。

龍淵に背後から体を拘束されて、紅蘭は逃げ場のないままそれらを凝視した。目を覆いたくなるような悍《おぞ》ましいものが、部屋中にあふれかえってうぞうぞと蠢《うごめ》いている。

吐き気をもよおすほどの禍々《まがまが》しさ……

「……これは何？」

思わず零す。

「苦しんで……憎んで……絶望しながら死んだ人間……この世を呪う怨霊」

紅蘭を決して逃がさぬよう強い力で拘束しながら、彼は耳元で答えた。

「怨霊……」

呆然《ぼうぜん》と呟く。その怨霊たちは紅蘭に向かってじわじわと近づいてくる。

「奴らは俺に喰われたがってる」

「喰う……？」

「ああ……これが俺の呪いだ。俺は生まれつき奴らが見える。だから奴らは俺を欲しがるんだ。俺に喰われて、肉の体を実感しようとする。俺の中はさぞ心地いいんだろう。だから俺は、望み通り奴らを喰ってやる」

喰うというその言葉と、女官や護衛官を弄ぶ彼の行動が奇妙に重なった。

「奴らは孤独で、俺に何でもしゃべるし、俺が望めば誰でも殺す。そうやって……俺は何度も何度も邪魔な人間を消してきた。極悪女帝……あんたが何人殺してきたかは知らないが、俺ほどには殺してないだろう」

そう説明する彼の顔は暗くて分からない。しかし、その声は気味が悪いほどに淡々としていた。

「奴らはどこにだっている。だがな……この後宮ほど怨霊があふれてる場所は初めてだ。脩の後宮だってここまでじゃない。こんな呪われた場所はこの世のどこを探したってないだろうよ」

ほんの僅か、彼の声に嘲るような色が宿る。

「あんたは鈍感すぎて気づかないだろうがな」

彼の言葉が……目の前の光景が……怒濤《どとう》のように流れ込んできて、紅蘭の頭は高速で回転した。

怨霊……呪い……喰う……

「もしかして……きみが誑かした女官や護衛官は……あれにとりつかれていた？」

そんな仮説が口から零れる。

「まあね」

「だからきみは、喰ったの？」

「……ああ」

「なら……あの夜私を襲ったのは？　あれはきみじゃなかった。あれは……きみの喰った怨霊？」

「…………こんないかれた話をあっさり信じるのか？」

矢継ぎ早に問われた龍淵は怪訝に聞き返した。

「私は自分を信じているから」

こんなものは幻だと目を塞いでしまうには、己の感覚を信じすぎている。間違いなく、彼らは今目の前に存在しているのだ。悍ましい気配を確かに感じる。

「あれが……この後宮を呪って死んでいった女たちだというの……？」

「……ああ、奥にいるのがこの中で一番強い奴だ。朱嬰《しゅえい》という名の女……前の前の皇帝の側室……か。酷い扱いを受けて周りを恨んで死んだと言ってる」

「朱嬰夫人？」

紅蘭は声を上げて部屋の端を注視した。そこに、それはいた。気味の悪い、巨大な漆黒の異形。闇の中なのに黒いと分かる。ぼこぼこと蠢くそれは、千切れてこねあわされた人間だった。黒い手足の中、ぎょろりとした目が紅蘭を見ている。

紅蘭はその目を見返し、立ち上がった。

「どうする気だ？」

龍淵はもう紅蘭を拘束しようとはしなかったが、その代わりに問うてきた。

紅蘭は答えず、寝台から下りる。歩きながら、寝台の上の生首の頬をちょっと撫で、手足を失った女の肩を叩き、足元に蠢く怨霊たち一人一人に軽く触れて、一番奥にいた異形に近づいた。

「あなたを知ってるわ、朱嬰夫人。先帝に……一番愛されなかった側室」

紅蘭ははっきりと言う。すると、こねあわされた黒い手足に生えた口が、ばかっと大きく開いた。

ぐぎゃぎゃぎゃぎゃぎゃぎゃぎゃぎゃぎゃぎゃぎゃぎゃぎゃぎゃぎゃぎゃぎゃ!!

笑声と呼ぶにはあまりに悍ましい声が部屋中に響き渡る。耳が痛くなるようなその声を静かに聞き、紅蘭はそっとその怨霊に手を伸ばした。そして、その巨大な醜い体を抱きしめる。途端、けたたましい笑声はぴたりとやんだ。

この側室の名は聞いたことがある。後宮で最も醜い側室と呼ばれた女だ。それゆえ、皇帝に愛されなかった惨めな女だ。若くして屋根から身を投げ命を絶った。紅蘭が生まれるよりずっと昔の話だ。

紅蘭はそんな女のなれの果てを抱きしめ、背中だか何だかよく分からないところを撫でた。

「あなたが愛されなかったことはよく知ってる。だから後宮を呪ったの？　だからそんな姿になったの？　馬鹿ね、だったら……私を呪いに来ればよかったのに。皇帝に愛されなかった側室？　くだらない。あの程度の男などさっさと忘れてしまいなさい。あれに愛されなかったから何だというの」

先先代の皇帝になど会ったことはなかったが、紅蘭はそう言い切った。

わずかに体を離し、尊大の二文字を宿した眼差しで異形を射る。

「私は斎の女帝、李紅蘭。私にできないことは何もないわ。だから……あなたを愛することだってできる。私が、あなたを、愛するわ。私の愛はあの男の万倍価値があるわよ。それ以外にあなた、欲しいものがあるというの？」

紅蘭は異形に触れたままくるりと振り返る。そこに集う怨霊たちを順繰り見やる。

「あなたたちも同じよ。憎いなら……私を呪いにきなさい。そうすれば、私があなたたちを愛するわ。あなたたちに愛も与えなかった下等な男のことなど、すぐに忘れさせてあげる。だから私を呪いなさい」

帝王の眼差しで宣言すると、そこにいた生首が、四肢のもげた体が、目を背けたくなるような悍ましい怨霊たちが、じわじわと紅蘭に向かって集まってきた。紅蘭は慄《おのの》くでも驚くでもなく、優雅な笑みを湛えて彼らを迎えた。

集まってきた怨霊たちは、紅蘭の足元に崩れ落ち、平伏した。そして悍ましい声を上げ、泣きじゃくる。紅蘭は彼らの背を、頭を、なんだか分からない悍ましいものを、躊躇いなく撫でてやった。

「私があなたたちを忘れることはないわ。傷つけることも、裏切ることも、決してない。私の愛は今、あなたたちのものになった」

魂の奥底にまで響かせるように強く、深く、断言する。と——怨霊たちは緩やかに泣きやんだ。そしてその姿が、悍ましいものからだんだんと変わってくる。死した時をその身に留《とど》めたかのような怨霊たちが、ごく当たり前の、女の姿に変わってゆく。生きていた頃の、優しい姿に。

紅蘭の前には十四人の女たちがひれ伏していた。彼女たちは顔を上げると涙に濡《ぬ》れる目で微笑み……そして輝きながらどこかへ昇っていった。

誰もいなくなり、紅蘭は真っ暗闇の中に立ち尽くした。さっきまで部屋中に満ちていた悍ましい気配が消えている。いなくなったのだと分かり、大きく息を吐いた。

どっと汗が噴き出してくる。さっきまで穏やかだった心臓が激しく鼓動している。

悍ましいものを見た……危ういことをしてしまった……今更ながらそう感じる。

闇の中で呆然と佇んでいると――

「ふっ……ははは！　いかれた極悪女帝め……」

寝台の上から龍淵の笑い声が聞こえた。

驚いて目を凝らすと、寝台から黒い影が歩いてくるのが分かった。

龍淵は紅蘭の前まで歩いてくると、手探りで紅蘭の顔に触れた。両手で手荒くつかみ、顔を近づけてくる。また唇を重ねられるのかと思ったが、想像した感触が訪れることはなく、彼はただ紅蘭を凝視していた。

「愛一つで怨霊を浄化させた。あんたは異常だ」

「浄化？　どういうこと？　私は呪えと言ったのよ」

「奴らはあんたを呪わない」

龍淵は冷たく断じた。紅蘭は暗闇の中わずかに眉を吊り上げた。

「何故？　気遣いなど無用よ。彼らは皇帝を呪いたいんでしょう？」

「無理だ。あんたの魂は強すぎる。奴らはあんたを呪えない」

紅蘭は首を傾げた。自分が強いことは知っている。だが、魂などと言われても分からない。自分は彼らを、どうしてしまったのだろう？

「彼女たちはどこへ行ったの？」

「浄化したと言ってるだろ。もうこの世にはいない」

「成仏ということ？　もう苦しんでないのね？」

「さあ……あの世のことなんて俺は知らない」

「そう……とにかく成仏したならよかったわ」

紅蘭はほっと胸を撫で下ろした。

「あんなものが後宮にはびこっていたなんて知らなかった。これでもうこの後宮は怨霊から解放されたということね？」

確認すると、目の前に立つ男から冷え冷えとした気配が漂ってきた。

「あんなのはほんの一部だ。この後宮がどれだけ呪われてるか、あんたは本当に分かってないらしいな。何百年という時をかけて、この後宮の呪いは熟成されてきたんだろう。不幸に死んだ女たちの魂が、積もり積もって……」

龍淵は淡々と、不吉なことを語る。

「この後宮にはあれと比べ物にならない数の怨霊がいる。後宮に生まれた者、暮らす者、働く者、数えきれないほどの人間が呪われてる」

「……何ですって!?」

紅蘭は仰天した。

「ここにまだ呪われた人間がいるというの？」

「大勢いると言ってる」

「嘘でしょう……」

即位して二年、後宮を平穏に守れていると思っていたのに……まさかこんなとんでもないことになっていたなんて……その場にへたり込んでしまいそうなのをどうにか堪《こら》え、さっき見た怨霊たちの姿を思い返す。

「怨霊に呪われた人間はどうなってしまうの？」

「……体を病む。心を病む。死が近くなる。災いが訪れる。この後宮で幸福に死ぬのは難しいだろう」

「何てこと……」

紅蘭は頭を抱えながら思案した。

「きみが女官や衛士を襲ったのは……怨霊を喰らうためだったのよね？　彼らも怨霊に呪われていたんでしょう？　きみは彼らを、怨霊から救おうとしたということなの？　それに郭義のことも」

「腹を満たすために喰っただけだ。俺には力が必要で、奴らは俺に喰われたがっているからな」

龍淵は紅蘭の言葉を冷たく拒絶した。

「だから、とりつかれた奴の中から使えそうなのを選んで喰った。助けたわけじゃない。それに……あの男の間抜けな顔を見てやりたかっただけだ」

ぽつりと添えられた言葉に思わず吹き出してしまう。

「でも、きみが彼らを救ったことには変わりないわ」

紅蘭がそう言うと、彼は黙り込んだ。しばし無言で立ち尽くし、不意に紅蘭の体を抱き上げた。

「ちょ……何するの」

しかし龍淵は紅蘭の言葉など聞きもせず部屋の中を歩き、紅蘭を抱えたまま寝台に倒れこんだ。二人並んで寝台に横たわる。

紅蘭はこの状況を客観的に把握し、ふと思ったことを口にする。

「私、男と床を共にするのは初めてだったのよ」

「……何の話だ？」

「続きをするのかと思って」

「したいのか？　この状況で？」

問われて考える。ここで肯定するとなんだか助平みたいだと思ったが、あえて否定する理由もなかった。

「やったことのないことや、出来ないことがあると、やり遂げてみたくなるの」

その答えに龍淵は形のいい眉をひそめた。

「……俺は生まれつき呪われてる。子供の頃から何度も怨霊を喰らって、何人もの人間を呪い殺してきた。何人も何人も……数えきれないくらい……。そうしてあんたを殺すためにこの国へやってきた。あんたが夫にしたのはそういう男だ」

「構わないわよ、きみがどれだけ呪われていたって。私はきみを抱きしめることができると思うわ」

ついさっき、この手は悍ましい怨霊たちを抱きしめた。危ういことをしたと思う。けれど、気持ち悪いとは思わなかった。転がる生首や千切れた肉塊を、ただ愛《いと》しいと思っただけだった。あんな姿になっても愛を求めた、いじらしい女たちだ。

龍淵はしばし口を閉ざし、ややあって吐息のような声を漏らした。

「あんたの強さは……異常だ」

「知ってる」

「この後宮の呪われ方は他にないほど異常だが、その中でもあんたは特別に異常だ」

「私にひれ伏したい気持ちになった？」

いたずらっぽく伸ばした紅蘭の手を、龍淵は拒むようにつかんだ。

「俺はそもそも、自分が優れた人間だなんて思ったことはない。呪われて……穢《けが》れた生き物だ。だがな……どれほど呪われていようが穢れていようが、それでも俺は人にひれ伏したことはない」

「ふっ……別にきみを屈服させようなんて思っていないけどね。それならここでこれから何をしようっていうの？」

問いかけると、奇妙な高揚感が生まれてきた。

やはりこの男はまともな人間じゃなかった。怨霊を喰らうほどの猛獣……それが王龍淵という男の正体だ。そんな男と同じ床の中に捕らえられている。今すぐ喰い殺されてもおかしくない。腹が減ったと……お前の腸を喰い散らかしたいと……その口が言い出すかもしれない。

それでも紅蘭は逃げることなくただ成り行きを見守った。この男が自分に何をするのか、確かめてみたかった。

龍淵の手に突然力が込められ、彼は紅蘭の体を抱き寄せた。それは紅蘭が予想していたどの行動とも違っていて、いささか困惑する。

やはり続きをするのか……？　と思ったが、龍淵はそれ以上何もしない。

触れる感触は、初夜の床で触れた時の感覚と全く違っていた。彼はただ、紅蘭にくっついているだけだった。薄絹一枚で、ただ体をくっつけている。ただそれだけのことを、妻との床でしている。大きな獣にすり寄られているような感覚。

この先何が起きるのか想像もつかず、緊張感が湧きあがってくる。

「ええと……きみが何をしたいのか分からないわ」

「寝台に横たわってすることは一つだ。寝る」

返ってきたのは何ともそっけない言葉だった。肩透かしを食らい、目を瞬く。

「寝るの？　このまま？」

「ああ」

そう返事をすると、紅蘭の体に回された彼の腕が重みを増した。力を抜いているのが分かった。

嘘……本当に寝ようとしてる……？

「静かだ……」

龍淵は消え入るように呟いた。

紅蘭は龍淵の腕に囚《とら》われたまま、彼と出会ってからの出来事を思い返した。

紅蘭の命を狙い、殺意を口にし、後宮中の女官たちを怯《おび》えさせ、そして今悍ましい怨霊を紅蘭に見せた……この男のことを。

紅蘭は自分の感覚を信じている。そして、やはりそれは正しかったのだ。この男は殺しておくべきだった。こんなとんでもない化け物だと知っていれば、生かしておいたりはしなかった。

これは国に災厄をもたらす魔獣だ。王も皇帝も太刀打ちできない怪物だ。己の感覚に逆らって、自分はしくじったのだ。いくら後悔したところで、もうこれを始末することはできない。

忠実な護衛官の言葉を思い出す。彼の言うことは正しかった。

思わず盛大なため息が零れる。

「……何だ？」

龍淵の眠そうな声が返ってきた。紅蘭はまたため息を吐く。

「ああ……最悪だわ……本当にしくじった、李紅蘭ともあろうものが、何て失態かしら……」

「だから何なんだ？」

「私………きみを可愛いと思ってしまってる」

特大のため息を吐きながら、龍淵の頭をしゃかしゃかと撫でる。

これはもう最後まで絶対に手放せない。

人を思い通りに動かすことは簡単だ。だから……思い通りにならないものに惹かれてしまう。己の習性を、紅蘭はこの夜ようやく自覚した。

部屋の中は暗くて、撫でられている龍淵がどんな顔をしているのかは見えなかった。

紅蘭は慣れぬ寝台で目を覚ました。

とっくに夜は明けていて、寝室は明るくなっている。

しかし体はずっしりと思く、身動きすることもままならない。

訝りながら横を見ると、龍淵が昨夜のまま紅蘭を抱きしめていた。しかも、間近で目を見開いてじっと紅蘭を見ているのだ。

朝目が覚めて気まぐれな獣が横にいたら、こんな気分かもしれない。

「おはよう、何してるの？」

「……別に。ただあんたに触ってる」

「楽しい？」

拘束されて身動きが取れないまま尋ねる。

龍淵は答えない。

「そろそろ起きるわ。放して」

それでも彼は答えない。

「私に恋焦がれて離れがたい？」

揶揄《やゆ》するように問いかけると、龍淵は眉間にしわを刻んだ。

「恋焦がれてはいないが、離れがたい」

素直に答えられて驚く。

急にどうしたのだろう？　どういう心境の変化だ？　昨夜、彼の心を揺るがす何があったと？

思い返してみれば、昨夜結構な出来事があったのは確かだ。悍ましい怨霊の群れと、それを喰らうという龍淵……そして、浄化されたという女たち……

とはいえ、紅蘭にくっつきたくなる理由にはなるまい。

「私を殺したくない気持ちになった？」

「いいや、今すぐ殺したい。昨夜ますますそう思った」

やっぱり意味が分からない。まともに言葉が通じている気がしない。心底訳が分からなくて面倒で厄介で……

「あぁもう最悪……！」

紅蘭はそう言うと、抱きしめる腕を引きはがして龍淵の頭を胸に抱え、寝ぐせのついた髪をわしゃわしゃ撫でまわした。

「何してるんだ？」

胸に無理矢理顔をうずめさせられた龍淵が怪訝そうに聞く。

「ただきみを撫でまわしたくなっただけ」

「……心臓の音が聞こえるな」

呟き、彼は紅蘭の胸に手を触れた。たちまちぞっと背筋が凍る。心臓を、そのまま抉《えぐ》り出されるような気がした。

「こら……おいたはダメよ」

ぞくりとしながら咎めたその時、部屋の外がにわかに騒がしくなった。どたどたと乱暴な足音が聞こえてくる。それに伴い、女官の悲痛な声が――

「お待ちください……乱暴なことはどうか……！」

紅蘭が怪訝な顔で寝室の入口を見ると、勢いよく戸が開いてよく知った男が姿を現した。

紅蘭の忠実なる護衛官、郭義だった。郭義は厳めしい鬼の形相で室内を見回し、寝台で紅蘭と龍淵が抱き合っている姿を目の当たりにすると、一瞬表情を消した。そして次の瞬間、目を鋭く細めて静かに歩いてくる。

「おはよう、郭義」

紅蘭は彼が距離を詰めすぎる前に龍淵を解放し、起き上がって声をかけた。郭義が龍淵の首を刎ね飛ばす光景しか想像できなかったので、それを止めようと思ったのだった。一方あからさまな殺意を向けられている当の龍淵は、隣でのそりと体を起こしぼんやりとしている。何の危機感も持っていないようだ。

「……何故あなたがそんな男の寝台に入ってるんですかね、紅蘭様」

郭義のずっしりと重たい声が床を這う。

すごく聞かれたくないことを聞かれてしまった。答えたくないことを、答えなくてはならない。紅蘭は短く嘆息し、覚悟を決めて口を開いた。

「郭義、認めるわ。お前の言葉は正しかった」

真っすぐに告げると、郭義はすぐさまその意味を理解したらしい。愕然と顎を落とし、ダンと強く足を踏み鳴らした。

「だから言ったでしょうが！　あなたはこういうヤバいのを気に入るって！」

「お前は本当に私のことよく分かっているわね」

にこっと笑って誤魔化そうとするものの、無論それで誤魔化されるほどこの護衛官も甘くはない。

「俺との約束を破りましたね？」

咎めるような物言いに紅蘭の表情は険しくなった。

「私の閨に口を出す権利がお前にあると思うの？」

それは普段なら目の前の男を震え上がらせるに足る一言だったが、郭義はますます目つきを険しくして紅蘭の真横に立った。

「俺にはあるだろ、その権利が」

と、彼は言った。そんなことを口にするとは思いもしなかったので、紅蘭は珍しく心底驚いた。

心配そうに寝室の入口からそっと成り行きを見守っていた女官たちが、にわかに色めき立った。

「きゃあ！　郭義様がお二人の間に割り込んだわ！」

「私たちの紅蘭様を、不埒な殿下から奪い返してくださるのでは……？」

ドギマギしている女官たちをよそに、黙って見ていた龍淵が小さく笑った。

「そんなに大事か、この女が」

「当たり前だ。俺の命より……この世の全部より大事だ」

郭義はわずかの迷いもなく断言する。

「そういう執着は呪いを呼ぶぞ。まあ……とりつかれたらまた喰ってやる」

艶《なま》めかしい視線が郭義をなぞる。途端、郭義はぎょっとしたように一歩下がった。

警戒心満載ではあるものの、気持ちが悪いという感じには見えない。それも無理からぬことで、無理やり唇を奪うという行為に嫌悪を抱かせないほど、龍淵という男は美しいのだった。

彼はそれで満足したのか一つあくびをして、再び寝台に寝転がった。

「ちょっと、きみ……私の護衛官で遊ばないで」

紅蘭が短く嘆息してたしなめると、龍淵は急に紅蘭の腕を摑んで自分の胸に引き倒した。

「今度は何？」

「それでもあんたは俺が可愛いんだろう？」

言われて紅蘭はうぐぐと唇を噛みしめる。

紅蘭が悔しがっていると、郭義が寝台を蹴った。主の寝ている寝台を――である。

「おい、何をこそこそ話してるんだ」

どすの利いた声で問いただす。紅蘭は龍淵の胸から起き上がり郭義を見上げた。

「郭義、私は昨夜王龍淵という男を知ったわ」

「……どういうことです？」

「私は彼を私の夫として受け入れ、最後まで大切にする。初めに定めたことを守ることに決めた。だから郭義、お前がこのことに口を挟むのは許さない」

紅蘭はきっぱりと告げた。郭義は怒気を削《そ》がれたのか、怪訝に眉をひそめてしばし黙り込んだ。

「根拠は……？」

「何が正しいかは私が知っている」

「それで俺が納得するとでも？」

「私が正しいと判断したことにお前が服従することも、私は知ってるわ」

鋼鉄の強さで告げると、郭義の表情から完全に怒気が消えた。

「………分かりました。その男があなたの夫として振る舞うことを受け入れます」

感情を殺し、我を殺して宣言する。

「分かったのなら出て行きなさい」

「承知しました」

恭しく礼をして、郭義はここに乗り込んできた時の怒りが嘘だったかのようにおとなしく退室した。

「……あんたは鬼だな」

再び静かになった部屋の中で、龍淵が言った。

「あの男は俺よりよほど誠実で、あんたを深く愛している。あんたのためなら平気で死ぬこともできるんだろう。そういう男を、あんたは虫けらのように扱った。残酷な女だ」

言われて紅蘭は、彼が人の心を慮《おもんぱか》るようなことを言ったのに驚いた。

無情に見えるが、人の心理を理解する感性を持っているのだ。

「周りの全部を自分の思い通りに利用する極悪女帝……あんたは俺を、どう利用したいんだ？」

「利用するとは、何の話？」

「愛玩目的だけで俺を傍に置きたいわけじゃないんだろう？　あんたがそれほど甘い人間だと思うほど俺は馬鹿じゃない。あんたはどんなに気に入った玩具《おもちゃ》でも、必要とあれば容易く切り捨てる酷薄な人間だ」

冷ややかに評され、紅蘭は真顔になった。

この男を可愛いと思ってしまった。それは事実だ。だが——手放さないと決めた理由はそれじゃない。この男に利用価値があると、極悪女帝が判じたからだ。そして彼は、それを見抜いた。

「あんた、俺に何かさせたいことがあるんじゃないのか？」

的確に問われて紅蘭は感嘆の吐息を漏らした。

「きみは……存外馬鹿じゃないわね」

「そう言ってるだろ。で？　何をさせたい？　俺の呪いを知って、怨霊の存在を知って、あんたは俺に何をさせたいんだ？」

今ここで引き返すべきかもしれない……

奇妙に無機質な目で問われ、紅蘭は不意にそう思った。

とても大切なものを、猛獣の前に晒《さら》している。しくじれば、一瞬で食い散らかされてしまうかもしれない。だとしたら……

しばし考え、紅蘭はふっと笑った。考えるだけ無駄なことだ。考えたところで、この男の思考など紅蘭は理解できないのだから。それでもこの男の力は利用できると、紅蘭は昨夜確かに思ったのだ。

「きみに会ってほしい人がいるわ」

「……誰だ？」

聞き返されて、最後にもう一度だけ考えた。そうして紅蘭は覚悟を決め、落ち着き払った態度でその名を口にした。

「私の母上。先代皇帝の正妃。皇太后華陵」

第三章　凶手と漆黒の少女

皇太后華陵は今から二年ほど前病に倒れ、以来今までずっと臥せったまま斎の後宮で過ごし続けている。

紅蘭は久しぶりに彼女の見舞いの約束を取り付け、同時に夫を紹介する場を設けた。

「で？　その皇太后に俺を合わせて何をさせたい？」

連れ立って華陵の部屋へ向かいながら、龍淵が聞いてきた。

「母上はずいぶん長く患っていらっしゃるの。国中の薬師を呼んで診察させたけれど、誰一人母上の不調の原因を突き止めることはできなかったわ」

「ああ……なるほど」

後ろを歩きながら龍淵は皮肉っぽく呟く。

「皇太后の病の原因は怨霊の呪いだと考えたんだな？」

「ええ、後宮には呪われた人間が大勢いるときみは言ったわ。呪われると死に近づくとも……きみなら、ただの病なのか怨霊の呪いなのか、見極められるんでしょう？」

「見てやってもいいが、その代わり……褒美に何をくれる？」

「ご褒美が欲しいの？　いいわよ、欲しいものを何でもあげるわ」

紅蘭は振り返って微笑みながら訝った。

怪しい……絶対に何か企んでいる……直感がそう警鐘を鳴らす。

二人はそれ以降言葉を交わすことなく連れ立って廊下を歩み、後宮の中で最もいい場所にある部屋にたどり着いた。

部屋の前で待っていた女官が恭しく礼をした。

「母上のご様子は？」

「今日は体調が良くていらっしゃいます。陛下がもう少し思いやりのある振る舞いをしてくだされば、こういう日も増えるのでしょうが……」

あからさまな敵意を向け、そして紅蘭の後ろにいる龍淵を見ると、その人間離れした色彩と美貌に目を奪われて動かなくなってしまった。

彼は後宮のどこを歩いても、優美な獣が人の群れに紛れ込んだような違和感があって、人の目をくぎ付けにせずにはいられないのだった。

美貌という一点において彼は人後に落ちなかったし、理解不能な思考という意味においては森羅万象の追随を許さない男だった。

女官はしばし放心していたが、はっと正気を取り戻して自分の態度を恥じたように咳払《せきばら》いし、部屋の戸を開けて紅蘭と龍淵を中に誘う。

室内は後宮で最も日当たりが良く、上品で落ち着いた調度品が並んだ部屋だった。母の好みに合わせて紅蘭が全て取り寄せたのだ。

部屋の奥にある長椅子に、痩せた中年の女性が腰かけている。そしてその周りを位の高い女官たちが取り囲んでおり、龍淵の姿にこれまた驚いた様子で見入った。

紅蘭はその真ん中にいる中年の女性を見て優しく微笑んだ。

「ご気分はいかが？　母上」

颯爽《さっそう》と部屋の中を歩き、彼女の前に近づくと紅蘭は目の前に膝をついた。

「私の夫が挨拶に来たわ」

紅蘭はこの世の誰にも膝を屈することはないが、彼女の前ではいつも膝をつく。それは服従の表れではなく、母に対する親愛の証明なのだった。

大帝国で最も高い地位にある紅蘭のその行動に、しかし母の華陵は恐縮するでも喜ぶでもなく、険しい渋面を作ってみせた。

「紅蘭様……私はあなたの結婚を許した覚えなどありませんが？」

吹雪が吹き抜けたかと誰もが思った。そのくらい、華陵の声は冷たかった。愛する娘に話しかけているとはとても思えない。あなたを疎ましく思っている……と、その唇が告げたところで驚く者は一人もいないと思われるほどの冷淡さ。

しかし紅蘭は優雅に笑みを返した。

「だけど母上は、私の幸せを喜んでくださるでしょう?」

「……勝手なことを……そもそも私は、あなたが帝位を継いだことすら許してはいません」

「怒っていても母上はお綺麗ね。けれど笑った顔も見せてほしいから、また花を贈るわ。母上の好きな椿《つばき》の花を」

「……あなたに与えてほしいものなど何もありません」

「それなら逆に、母上から与えてほしいわ。元気なお顔を見せてほしい」

その言葉に、華陵は一度ぐっと唇を噛みしめ、それでも冷たさを保って紅蘭とその背後に立っている龍淵を見た。

「……その方が脩の王子殿下なのですか?」

「ええ、そうよ。少しばかり変わった風体だけれど、可愛い男よ。母上に挨拶したいと言ってるわ」

紅蘭はしれっと嘘を吐いて背後を見た。そこに立っていた龍淵は、何故か部屋の中をじろじろと眺めまわしていた。田舎者が高貴な部屋で落ち着きを失って……というには彼自身の姿形が美しすぎ、義理の母の前で緊張して……というには目つきに険がありすぎる。

嫌な予感がする……紅蘭がそう思った時、龍淵は口を開いた。

「穢れた部屋だ……」

心底嫌そうに顔を歪めて言い出した。

周りに控えている大勢の女官も、部屋の主である華陵も、彼をここに連れてきた紅蘭さえもが唖然として、その場は一時しんと静まり返った。

その静けさを叩き壊し、彼はなおも言った。

「反吐《へど》が出る。どぶの底みたいな部屋だな、ここは……」

「きみ、ちょっと言葉を選びなさい」

紅蘭は思わず咎めた。すると龍淵は形の良い手でひらひらと手招きしてくる。

「何？」

眉を怒りの形に保って近づくと、龍淵はいきなり紅蘭の肩を抱き寄せて、何の説明もなく唇を重ね合わせてきた。

皇太后の私室で、女帝とその夫がいきなり接吻《せっぷん》を交わしている。そんな突然の光景に女官たちがざわめく。

「なっ……皇太后様の前でなんて不埒な……！」

「ちょ、ちょっとどなたか止めてくださいまし」

彼女たちはあたふたしながらも口を出しかねている。

とはいえ、紅蘭自身も驚いていた。

思わず文句を言いかけた紅蘭の唇の隙間から、龍淵の舌が忍び込み口内を探る。その感覚に覚えがあり、紅蘭は一瞬迷った末に抵抗することをやめた。

「あなたたち……何をしているのですか」

怒りと呆れを等分に含む華陵の声が聞こえたところで、ようやく紅蘭は解放された。

「このために俺を呼んだんだろう？」

龍淵が無感情に聞いてくる。紅蘭は息を乱し、怒りまじりに龍淵を睨み上げた。

「困った旦那様ね。母上の前よ」

母上の前で今度同じことをしたら首を刎ねるわよ？　そんな思いを込めて。

怒りの双眸《そうぼう》を向ける紅蘭を淡々と見下ろし、龍淵は背後を指さした。

優雅な動きにつられてじろりとそちらを見やり、紅蘭は愕然とした。完全に凍り付き、彫像のように動きが止まる。

「あんたの見たかったものだ」

龍淵の低く優美な声が耳元で囁く。

紅蘭の目の前には悍ましい光景が広がっていた。

華陵の肩や頭や腕や足……全身に、真っ赤な肉塊がとりついている。いや、華陵だけではない。部屋の壁や床のいたるところにも、その気色の悪い肉塊がこびりついて蛆虫《うじむし》のように蠢いている。それらは奇妙に脈動し、まるで化け物の体内に呑みこまれてしまったかのように錯覚させた。

その異物の中心にいるのが、顔色が悪く痩《や》せ細ってしまった華陵だった。

見た瞬間に分かった。これは怨霊だ……間違いなく、昨夜見た怨霊と同質のものだ。あの時見たものとは姿が違うが、同じものだと何故か分かる。

人を呪う、死者の魂のなれの果て……

今までこの部屋を何度訪れてもこんなものが見えたことはなかったのに……これが……こんな悍ましいものが……今までずっと、ここにあったというのか……

間近でそれを見た瞬間、異常な嫌悪感が全身を貫き、紅蘭はそのことに驚く。

この李紅蘭が、この程度のモノを嫌悪する？　怨霊でも愛せると豪語したこの私が

――？

「先帝の正妃……数えきれないほどの人間に恨まれてきたんだろう。呪われるのも命を落とすのも自業自得だ」

龍淵は全く声を潜めていなかったので、たちまち女官たちが激昂《げっこう》する。

「皇太后様に何という無礼なことをおっしゃるのですか！」

「皇太后様のお体は必ず良くなります！　不吉なことを言うのはおやめになって！」

「呪いですって!?　なんて馬鹿げた話でしょう！」

するると龍淵は彼女たちを一瞥《いちべつ》した。

「醜女の群れが何を喚《わめ》いたところでどうも思わないが……一つだけ忠告してやる。このままだとお前たち全員呪われるぞ」

冷ややかに言われて、女官たちは絶句する。あまりの暴言にはくはくと口を開閉させている。

「皇太后が呪われているのはただの事実だ。このまま死ねば……」

「黙りなさい、龍淵殿」

紅蘭は静かに命じた。ごく平淡な口調だったが、その場の全員が凍り付く。いや、ただ一人龍淵を除いて──だ。

「私はきみに言ったはずよ。母上は、私が贔屓するこの世にただ三人のうちの一人だと。母上は死なないわ」

自然の節理や可能性をすべて無視して、紅蘭は母が死なないことを信じている。

「それなら俺に命じればいい。おとなしくあれを喰え──と」

冷ややかに言われて、紅蘭は眉をひそめた。彼の物言いに、違和感を覚えたからだ。

「きみ……もしかして、本当は怨霊を喰うのが嫌なの？」

輿入れしてから今日まで、何人もの人間を誑かして怨霊を喰い散らかしてきた男だ。

そうやって不可思議な力を蓄えることに少なからず喜びを感じているのだろうと思っていた。しかし、今の言い方は……

「俺は一度でも、奴らを喰うのが楽しいなどと言ったか？」

龍淵は紅蘭の言葉を肯定するような問いを投げつけてきた。

「で？　命じるか？」

「馬鹿ね……嫌なら嫌だと、最初から言えばいいじゃないの」

紅蘭は呆れた。嫌なことをやり続けているのか、この男は。いったい何のために？

紅蘭を、殺すため……だろうか？

「俺が嫌だと言ったら、皇太后は助からない」

「そうね……私は母上が大切よ。心から愛してる。どんな手を使ってもお助けしたいわ。だけど……きみのことも大切にしたいと思ってる」

喰らう以外の方法があれば、それを選びたい。しかし龍淵は不快げに表情を歪めた。

「俺を大切にしたところであんたが得るものは何もないな。言ったはずだ。俺はあんたを愛さない」

「それはきみが決めることじゃないわ。きみが私を愛するかどうか……決めるのは私であってきみじゃない。言ったでしょう？　きみは私を愛するわよ」

龍淵は呆けたようにぽかんとした。彼だけではない。周りで訳も分からず二人の会話を聞いていた女官たちも、あまりの台詞《せりふ》に啞然としている。

幼馴染であり護衛官でもある男は、紅蘭をこう評した。

曰《いわ》く、天上天下唯我独尊女——と。

呆けた人の群れの中、ぷっと吹き出す小さな声がした。紅蘭が驚いてその声の方を見ると、華陵が赤い顔で震えながら口元を押さえている。

「やっぱり母上は笑った顔が一番素敵ね」

久しぶりに見た母の笑みが嬉しくて、紅蘭もつられて笑った、その時——

「ああ……今のがとどめだな。ダメだ、刺激した……」

龍淵が低く唸るように呟いた。そして次の瞬間、華陵にへばりついていた悍ましい怨霊が、ぼごぼごと音を立てて一塊になり、膨れ上がった。華陵はたちまちその赤い肉塊に吞みこまれ、苦しげに長椅子へ倒れこむ。

「皇太后様！」「ああ！　御具合が⁉」「誰か薬師を！」

女官たちが慌てて華陵に縋った。

「母上！　しっかりなさって！」

紅蘭も大きな声で呼びながら彼女に駆け寄ろうとした。華陵が体調を崩して倒れるのは常のことであったが、怨霊に吞みこまれる姿など初めてのことだった。

とっさに、昨夜のことを思い出す。あの怨霊たちは……紅蘭が抱きしめてやったら恨みや憎しみを捨てて浄化された。その光景を思い返し、紅蘭は母を呑みこんだ怨霊に手を伸ばした。が——

「やめろ」

冴え冴えとした声とともに、紅蘭の体は背後から羽交い締めにされて押さえ込まれた。龍淵が紅蘭を引き留めている。

「あれに触るな」

「何故!? 私が愛してやれば、怨霊は浄化されるんでしょう!?」

「無理だ。あんたにもできない。あそこまで穢れたものは浄化できない」

できない——などという言葉を使われたのはどれくらいぶりだろうか? 彼の言葉が正しければ、あの怨霊は紅蘭がいくら愛してやっても成仏できないということだ。

そもそも、本心を言えば紅蘭はこの悍ましい怨霊に触れたいと思わなかった。目の前で母を押し潰そうとしているこの怨霊は、紅蘭が生まれてから今まで見たものの中で最も悍ましく、嫌悪の情を抱くに十分なだけの醜悪さを持っていた。こんなものには触れたくもない。しかしだからといって、母が苦しむのをこのまま見過ごすことはできない。ならばどうすれば母を救えるのか——と、ここまでのことを紅蘭は一度まばたきする間に考えた。

「きみなら……あれを喰って母上を救える?」

紅蘭は自分を羽交い締めにする龍淵を怖い目で振り返った。

彼を大切にしたいのは本当だ。けれど……母の命が危ういなら紅蘭は迷わない。

「……ああ」

「なら！」

「俺はやらない。あんな悍ましいものは喰いたくない。あんなものに犯されるのは御免だ。俺はやらない、絶対に」

紅蘭の願いを、彼は一撃で退けた。一見冷静そうだったが、奇妙に危うく張り詰めたような気配がある。

犯される――？　その言葉の真意が分からず、紅蘭は彼を詰めあぐねた。

目の前では華陵が胸を押さえて苦しそうに呻いており、女官たちは大急ぎで奥の部屋に床を整えている。薬師を呼びに行った者もいる。

「他に方法はないの？」

龍淵は無表情で一考し、答えた。

「放っておけばいい。あれはあんたに反応しているんだ。あんたが目の前から消えれば少しはましになるだろう」

「私に？」

紅蘭は愕然として聞き返した。

「ああ、本当はあんたを呪いたいんだ」

「私を呪おうとする者なんて……いるの？」

「いないと思うのか？」

「首を刎ねた者は念入りに心をへし折ったわ。私の顔など地獄の果てへ逃げてでも見たくないというくらいに。呪うほどの気概がある者なんて……いるとは思えない」

紅蘭は信じられないという風にふるふると首を振る。

「この極悪女帝が」

龍淵は忌ま忌ましげに唸った。

「あんたがこの世の誰に憎まれていても俺は驚かない。あれは間違いなくあんたを呪おうとしているんだ。声が聞こえないのか？」

彼はそう言って紅蘭の耳たぶを食《は》んだ。くすぐったさにびくっとする。と——

『不義の子よ……不義の子よ……不義の子よ……』

頭の中にどす黒い声が響き、全身に鳥肌が立った。

『その血肉を寄こせ……不義の子よ……裏切者は決して許さぬ……』

ぐわんぐわんと声が響く。金属をひっかくような不快感に襲われる。

「聞こえたか？　あれはあんたを狙ってる。ここから離れるぞ」

龍淵は紅蘭の腕を摑み、引きずって部屋から連れ出そうとした。と、それに気づいたかのように怨霊が動きを変えた。華陵から離れて、どろりどろりと形を変え、膨れ上がり、紅蘭に向かって襲いかかってこようとした。

いや——違う。紅蘭を襲おうとしているのではない。この怨霊は、龍淵を狙っているのだ。どこにも目はないが、怨霊は彼を見ている。紅蘭は直感的にそう感じた。

「……何だお前、俺が欲しいのか……」

同じことを龍淵も感じたらしかった。

「……貴様なんぞに犯されてたまるか」

ぽつりと言い、彼は覚悟を決めたように立ち止まった。紅蘭の手を放し、突き飛ばして遠ざける。彼の赤い目が黄金に変わるのを、紅蘭は見た。

「ああくそ……せっかく喰った奴らを……」

苦々しげに呟く。すると龍淵の全身からどす黒い靄《もや》のようなものが染み出してきた。それは蠢き、固まり、巨大な鎌のような形になって龍淵の手に収まる。龍淵はその鎌をゆっくりと振り上げ……一気に振り下ろした。鎌は空気を切り裂いて、轟音《ごうおん》を立てる。それと同時に、悍ましい肉塊の怨霊が彼に襲いかかった。両者が激突しようとしたその時——

リィン……と、鈴の音が聞こえた。

怨霊の動きがぴたりと止まる。龍淵の鎌も一瞬で解けるように消えた。

リィン……リィン……清涼な音色はどこからともなく響き、ふと目の前の空気がぐにゃりと歪んだ。その空気が元に戻ると、そこには一人の少女が立っていた。

十歳くらいだろうか、清楚可憐《せいそかれん》な少女だ。闇を閉じ込めたかのような黒い瞳に黒い髪……そして黒い薄手の衣を纏った、漆黒の少女。結わずに垂らした長い髪には鈴の飾りを着けていて、少女が動くたびにリィンと鳴った。

そんな、ただの少女だ。ただの少女……ただの……？　違う。何か変だ。どう説明したらいいのか分からないが、この少女がただの少女ではないことははっきりと分かった。これは……まさか……

「怨霊……？」

紅蘭は囁くように零した。清楚な少女の姿はあまりにその言葉とかけ離れていて、滑稽ですらある。しかし口にしてみると、それは奇妙な現実感を伴っていた。

紅蘭は同意を求めるように龍淵を見て、ぎょっとした。龍淵は愕然とした表情で凍り付き、額にも首筋にも脂汗をかいていた。

「きみ……大丈夫？」

紅蘭が心配して声をかけると、龍淵はびくりとして凍《い》てついた時を動かした。そんな彼を見上げ、漆黒の少女はにこりと笑った。そしてゆっくりと悍ましい肉塊の怨霊に向き直り、優しい微笑みを浮かべたまま華奢《きゃしゃ》な腕をひらりと振った。

一閃《いっせん》――少女の腕の軌道が輝き、次の瞬間――肉塊の怨霊は悍ましい叫び声をあげてはじけ飛び、そのどす赤い血肉が辺りに四散した。

おおおおおおお……

苦しげな唸り声をあげ、怨霊の破片は壁の中へ消えてゆく。後には血痕のような赤い染みが残った。

少女はそれを見てくすくすと楽しげに笑った。

「……あなた、誰？」

紅蘭はしばし放心し、少女に声をかけた。

少女は振り向き、わずかに小首をかしげる。興味深そうに紅蘭を見ている。

紅蘭も少女を見つめ返す。まったく見覚えのない少女だ。そして明らかに、生きた人間ではない。紅蘭はようやくその理由が分かった。少女には、生きた人間にあるべきはずの影がなかった。顔にも服にも床にも、全く陰影がないのだ。

紅蘭が少女と見つめ合っていると、

「……由羅《ゆら》姫……？」

胸を押さえて苦しむ華陵が、ぼんやりとした目で少女を見ながら呟いた。呼ばれた少女はくるっと振り向き、またくすくすと笑ってぴょんと飛び上がった。そしてそのまま宙に舞い上がり、煙のように消えてしまった。

「今……そこに由羅姫がいたような……いえ、そんなはずはありませんね……私ももう……長くはないということなのでしょうか……」

華陵は長椅子に力なくもたれかかって独り言のように言う。そしてがくんと倒れて、意識を失ってしまった。

「由羅……何でお前が……？」

少女が消えた空間を凝視していた龍淵が、震える声で呟いたのを紅蘭は聞いた。

「ああ……まだ見えるわ……」

華陵の部屋を出た紅蘭はよく見知った廊下を眺めて呟いた。

さっき歩いてきたはずの廊下はまるで違う場所のようになっている。

「私、こんなところを歩いてきたの？」

廊下には、不吉な血の染みや気味の悪い黒い影、転がる生首、もげた四肢、焼け焦げた肉の塊……あらゆる悍ましいものが散らばっていた。

本当に彼の言う通り、この後宮は呪いであふれているのだ。

見えなかったはずの怨霊が見えるようになった理由……一つしか考えられない。

「きみに触れると、怨霊が見えるようになる？」

紅蘭は廊下の途中で立ち止まり、振り返った。そこには龍淵が立っている。

「まあね」

龍淵は無感情に肯定した。何でもないことだというように。

「体を繫ぐと伝染する」

「繫ぐ……例えば手を繫いでも？」

「いや、それではほとんど伝染しない。深く繫がる場所は穴だ」

「穴？」

いきなり変な単語を投げつけられて、意味が分からず繰り返す。

「口と、目と、性器。俺はこれで他の人間と繫がる」

彼は淡々と説明した。

「へえ……それで視覚を伝染させたり、怨霊を喰ったり？」

「ああ、目を見て口を吸うのが一番簡単だ」

「なるほど……性交は効率が悪いかしら？」

「時間はかかるが一番強く繫がる」

なるほど……

「きみと口づけすれば、私も自在に怨霊を見ることができるというわけね」

しかし、見えるだけではダメだ。あれを浄化するには……

紅蘭が難しい顔で考え込むと、

「あの少女が何者か、あんたは知っているのか？」

龍淵が腕組みして聞いてきた。少女とはもちろん漆黒の少女の怨霊のことだろう。華陵が少女の名を呼んだことを思い返す。由羅姫——そう呼んでいた。そして龍淵も、何故か由羅を知っている様子だった。

「見覚えはないわ。けれど、由羅姫という名は知っている。先帝の妹の名よ」

説明するが、龍淵は特に反応を見せなかった。

「つまり私の叔母。私が生まれる五年くらい前に亡くなっているわ。たしか十歳という幼さで亡くなったはず……歳も合うわね」

紅蘭は人差し指で唇を叩きながら考える。

「きみも名前くらいは聞いたことがあるかしら？　由羅姫は昔、脩国の王子と婚約していたことがあるの。けれど、嫁ぐ前に亡くなってしまったのよ」

そう説明しても、龍淵におかしな様子は見られなかった。紅蘭はさっき見た由羅姫の姿を思い返す。

「彼女は私を助けてくれたのかしら？　それともきみを？　きみに喰われたかったのかしら？　だから助けた？」

考えながら意見を求めると、龍淵は首を振った。

「それはないな。俺はあれを喰えない」

「喰えない？」

紅蘭は眉をひそめて聞き返した。さっき、彼はあの肉塊の怨霊を喰わないと言った。しかし、少女の怨霊は喰えないと言う。そこには違いがあるということだ。

「ああいうのがたまにいる。呪いが強すぎて喰えない奴が。あそこまで強い奴を見たのは初めてだが……」

敗北宣言とも取れるその言葉に紅蘭は少なからず驚いた。

「怖かったの？」

「怖かった？　……俺は怖かったのか？」

龍淵は目をぱちくりさせて首を捻《ひね》った。奇妙に子供っぽいその仕草に、紅蘭は思わず表情が緩んでしまう。獣が人の真似をしているみたいで可愛い。

どうにか表情を引き締めて、紅蘭は話を進めた。

「ねえ、きみ……母上の病は怨霊の呪いだと思う？」

「ああ……そうだな。それは間違いない」

「それはどっちの呪いかしら？　あの悍ましい肉塊？　それとも少女？」

「……肉塊の方だな」

「そう……」

紅蘭はわずかに視線を落として数拍思案し、ゆっくり顔を上げた。

「母上をお救いしたいわ。きみ、力を貸してちょうだい？」

助力を乞うと、龍淵はしばし考えるようなそぶりを見せた。

「俺はあれを喰わないと言ったはずだ」

「ええ、だけど……きみはそれ以外の方法も持っているんじゃない？　さっき、それを使おうとしたわね？」

彼の体からでた黒い靄が鎌の形をとって怨霊に襲いかかったのを紅蘭は確かに見た。

龍淵は忌ま忌ましげに美しい顔を歪めた。

「無理だな。俺を狙ってきたから抵抗したが、あれを消滅させるのは無理だ。あれを全部滅するには……いくら怨霊を喰っても足りない」

「そう……私が愛しても浄化されないのよね？」

「あれは無理だ」

はっきりと言われ、紅蘭は頼みの綱を失った。目の前が暗くなるような気持ちがしたが、母の命を諦めるわけにはいかないのだ。必死に頭を働かせる。

力ずくでは無理だと言うなら……紅蘭は長い思案の末に、一つの答えを出した。

「なら、説得しましょう」

「………何だと？」

「あれも人なのだから、説得すればいいわ。母上を呪うのをやめるように。私はね、人を言いくるめて支配するのは得意よ」

そうやって、玉座にまで上り詰めたのだ。この技で紅蘭の上を行く者はいないと断言できる。

龍淵は啞然として言葉を失った。紅蘭は彼の返事を待たずに先を続けた。

「それに際して、きみに言っておかなくちゃならないことがあるわ。あの悍ましい怨霊を説得するにあたって、知っておかなくちゃならないことが」

そう前置きして、紅蘭は彼の赤い瞳を真っすぐ見上げた。

「私は先帝の血を引いていないわ。皇家の血を受け継がない不義の子。それが私よ」

その言葉を受け、龍淵の瞳が大きく見開かれるのを紅蘭は見た。

◇　◇　◇

李紅蘭という姫は、幼い頃何故か宮殿の外で育てられていた。

大臣の家系である柳家で育てられたのである。

母とは共に暮らせなかったが、母は毎月柳家に足を運んで紅蘭に会いに来てくれたし、当主の柳瑛義は父のように紅蘭を慈しんでくれた。皇女である紅蘭に何不自由ない暮らしをさせ、十分な教育を与えてくれた。

嫡男である郭義とは兄妹のように育ち、寂しいと思う暇もなかった。

紅蘭は愛され、満たされていた。

そして八歳の頃、紅蘭は己が何者であるかを知った。

その日は母が柳家を訪ねてきてくれていた。

深夜に目を覚ました紅蘭は、母がいないことに気付いて部屋を出た。隣の部屋で寝ていた郭義がすぐに起きてきて、二人は連れ立って母を捜しにいった。郭義は心配性で、紅蘭が行くところにはすぐについてくる。

母が訪れる時によく使われる客間の戸をそっと開けると、母はそこにいた。椅子に座り、深刻な顔をしていた。そしてその向かいには、屋敷の主である柳瑛義が座っていた。

「あの子はこの先どうなるのでしょう……」

母は言った。

「私がお守りいたします。この命に代えても」

瑛義が答える。

「紅蘭は不義の子です……皇帝陛下から隠し通さなくては……」

「ご安心ください、決して陛下に渡しはしません」

「罪を……最後まで共に被ってくれるのですか？」

「私たちはずっと昔から共犯者ですよ。私はあなたと密通し、皇帝陛下を裏切った。許されないことかもしれない。けれど、後悔はしていません」

「……ありがとう、瑛義殿。……ねえ、もしも十五年前、私たちが許嫁《いいなずけ》同士だった頃、私があなたを選ぶと言っていたら、あなたは皇帝陛下から私を攫《さら》ってくれたのでしょうか？　そうしたら……どうなっていたのでしょうね」

「考えても仕方のないことです。昔のことなど忘れてください。私は皇帝陛下とあなたを争うほどの意気地がなかった……それでよかったのだと今は思っています」

「……ありがとう、瑛義殿……あなたのような父がいて、紅蘭は本当に幸せだと思います」

見たこともないような顔で微笑み、母は瑛義の手を握った。

「あの子を頼みます」

それ以上言葉はなかった。二人はただじっと見つめ合っていた。

そこで紅蘭と郭義は部屋の前から逃げ出した。二人で紅蘭の部屋に駆け込み、扉を閉めて座り込む。どちらもしばらく言葉を発することができなかったが、長い時間が経った末に泣き声が響き始めた。

泣いたのは紅蘭ではなく、紅蘭の隣にへたり込んでいた郭義だった。

郭義の母、つまり瑛義の妻はもう何年も前に亡くなっている。瑛義は後妻を娶《めと》ることもなく息子を育ててきて、そんな父を郭義は尊敬している。

さっきの二人の会話は、紛れもなくその父親像を裏切っていた。

紅蘭は不義の子だと、母は言った。密通したと……それはつまり、

「私は母上と瑛義の間に生まれた子だったの？」

ぽつりと言葉にすると、思いのほか響いてぞっとした。すると傍らの郭義が泣き止み、いきなり紅蘭を抱きしめてきた。

「よかったな、紅蘭……お前、この家の家族だったんだ……俺の妹だったんだ……」

言いながら、痛いくらいにぎゅうぎゅうと抱きしめる。

痛すぎて、なんだか泣けてきた。

「……お前、私の兄様だったの……」

「そうだよ、俺はお前の兄様だ。一生守ってやる。だから……大丈夫だ」

「ええ……約束よ」

そう言って、紅蘭は郭義を抱きしめ返した。

そのまま抱き合って二人は眠ってしまった。

翌朝――紅蘭は宮廷に戻ることを決めた。

そしてその二年後、十歳になった紅蘭は帝位争いに身を投じた。

◇　◇　◇

「だから私は先帝の血を引いていないの」

紅蘭は淡々と説明を終えた。

龍淵はしばし愕然とその話を聞いていたが、急に眉をひそめた。

「何故それを俺に話す？」

「きみが郭義を私の情夫と疑っていたから」

「あの男はあんたの兄だから心配するなと？　で、本心は？」

龍淵は紅蘭の言葉をかけらも信じず先を促した。人外の獣のくせに、この男は案外人の思考を察する勘が鋭い。紅蘭は短く嘆息して答えた。

「きみも聞いたはずよ、あの怨霊は私を不義の子と呼んだわ。あれは私の出生の秘密を知ってるのよ」

怨霊の悍ましい姿を思い出して鳥肌が立ちそうになる。

どうして自分はこんなにも、あの怨霊に嫌悪感を抱いているのだろう？　それほどまでに、あの怨霊が紅蘭を憎んでいる……？

「子供の頃、私は宮廷に戻ってすぐ、自分が生まれた時のことを調べたことがある。

そうしたら、私が生まれた当時、不審な死を遂げた女官が何人かいたことが分かったわ。全員が母上のお付き女官だった。ねえ、考えてみて？　その女官たちが母上の密通を知っていたら？　私の出生の秘密を知っていたとしたら？　母上と瑛義は秘密を守るために、その女官たちを始末したかもしれないわ」

紅蘭は長年考えていたことを初めて口にした。このことは、郭義にも言ったことがなかった。彼は根が優しいので、こんなことを知れば心を痛めるに違いない。あれは存外弱虫で泣き虫なのだ。紅蘭は兄を愛しているから、いたずらに泣かせようとは思わなかった。

「……つまり、あの怨霊が始末された女官のなれの果てだと？」

「ええ。だとしたら、私を呪いたいのはよく分かる。あれが私のせいで始末された女官なら、私は彼女を説得できると思うわ。だからきみに秘密を話したの。あれの正体を突き止めたい」

紅蘭は目の前に立つ男を頭のてっぺんから足の先まで観察した。髪の色、瞳の色彩、顔立ち、表情、纏う空気、一挙手一投足に至るまで……本当に、どれ一つとってもまともな人間ではない。人の名を冠しただけの、人外の獣。そしてその通り、確かに彼は人間離れした能力を持っていて、紅蘭ができないことをやってのけた。

人にできることなら紅蘭もできる。だが、彼は人ではない。

怨霊を喰らい、その力を自在に使い、人を殺す。そういうことができる生き物だ。

「母上を救うため、あれの正体を突き止めたい。きみの力を貸してちょうだい」

紅蘭は彼に手を差し出した。彼はその手を取ることなく、何か疑るような様子で目を細めた。

「あんたは……俺が裏切って、秘密を言いふらす可能性を考えなかったのか？」

問われて紅蘭はきょとんとした。

「ああ……それは……少しも考えなかったわ」

「案外抜けてるな」

「だって、相手が裏切るよう仕向けることはあっても、信用した相手に裏切られたことは一度もないから」

紅蘭は真顔で言い、ふと想像して思わず口元をほころばせた。

「だけどそうね……一度くらいは裏切られてみたいと、思わないわけじゃないわ。きみ、私を裏切ってみる？」

その想像にぞくぞくしてしまう。

「あんた、俺に殺されかけたことを忘れたか？」

龍淵は皮肉っぽく言った。しかし紅蘭は動じることなくかぶりを振る。

「けれど、それでもきみは私を裏切らないと思うわ」

「どうしてそう思う？　そんなに俺を信用していいのか？」

「ええ……きみを信じてるわ。きみが、そんな安い手を使う安い男なんかじゃないって信じてる。きみが私を殺すなら、そんな生ぬるい手は使わないはずよ。もっと残酷で救いようのない方法をとるでしょう。それに私、獣を手なずけるのは得意なの」

揶揄するように笑ってみせると、龍淵の表情は冷たく陰った。

「……俺が本当に残酷で救いようのない手段であんたを殺そうとしても、あんたはそんな風に笑えるのか？」

「試してみれば分かるわよ。無力な女の子みたいに、震えて泣くかもしれないわ」

龍淵は珍しく目を真ん丸にして、表情を歪めた。

「あんたが無力な女の子？」

「あら、戦を仕掛けてきたのはそちらよ？　脩国に築いた屍の山が笑い出すな」

「あんたがそう仕向けたんだろう？　極悪女帝は脩の領土を狙ってた。愚かな兄たちはまんまとそれに誘い出されて殺された」

紅蘭はちょっと驚き、愉快そうに笑みを零した。

「……やっぱりきみ、馬鹿じゃないわね」

高い知能に人外の思考……本当に厄介で面倒で危うくて……可愛い猛獣だ。

「頼りにしてるわ。あの怨霊の正体を突き止めるのを手伝って」

「……怨霊を説得ね……考えたこともなかったな」

「そう？　案外言葉は通じるように見えたわ。ほら、あの少女も……」

言いかけて、紅蘭は閃《ひらめ》くように気が付いた。

「……あの少女の怨霊……由羅姫は……肉塊の怨霊を簡単に退けてたわ」

ほんの一撃で、容易くあれを切り刻んだところを紅蘭は確かに見た。

「ああ、あれはこの後宮のヌシだろうな」

「ヌシ？」

「その場で最も力ある怨霊を、俺はそう呼んでる。この後宮で一番強いのはあれだ」

龍淵は冷静に説明する。紅蘭は由羅姫の姿を鮮明に思い返して考えた。

「彼女はどうして肉塊の怨霊を攻撃したのかしら？　もしかして、由羅姫はあの怨霊と敵対してる？」

「……何を考えてる？」

「由羅姫を味方にできないか――と、考えてるわ」

「……あんな化け物を味方に……だと？　由羅姫に怨霊を始末させるつもりか？」

「いいえ、そうじゃないわ。由羅姫は肉塊の怨霊の正体を、知ってるのかもしれないということよ。なら、味方にすれば情報を得られる。怨霊の正体が無残に殺された女官たちなら、これ以上痛めつける必要はないでしょう？」

「あんたの考えてることは無謀だ」

「自分にできることは把握してるつもりよ。まず由羅姫を探しましょう」

そう決めたところで、ふと気づいた。いつの間にか、周りにいた怨霊たちが見えなくなっている。

「怨霊……いなくなった？」

「いや、いるよ」

「見えないわ」

「時間切れだ」

「こんなにすぐ見えなくなってしまうの？」

「短い接吻だったからな」

「長い方が長く伝染する？」

「まあね」

その肯定を受け、紅蘭は唇を叩きながら思案した。

「ふーん……由羅姫を探すなら、私も怨霊が見えた方がいいわ。ちょっときみの体を貸してくれる？　どういう繋がりでどの程度伝染するのか、確認しておきたいの。性交が最も強く伝染するのよね？　それも試してみましょう。ああ、だけど……きみの体を弄ぶようで気分が悪いかしら？」

「……別に」

「そう？　じゃあ私の寝室に来て。それとも君の寝室がいい？」

話しているうちに、紅蘭は楽しくなってきた。知らないことを一から学ぶというのは、紅蘭にとって遠い昔の出来事だったから、こんな気持ちは久しぶりだ。

「……あんたの部屋の方がいい」

「そうね、私もそれがいいわ。寝台が広いし」

そう言って、紅蘭は彼の手を引っ張った。

「これでは伝染しないのよね？　肌と肌では」

「ああ、毛穴は小さすぎるからな。口と肌ならある程度伝染するが……」

「口と肌？」

またちょっと分からないことを言われて首を捻る。

「つまりどういうこと」

聞くと、龍淵は紅蘭の首筋に顔をうずめて食んだ。くすぐったさに肩が跳ねる。

「ああ、なるほど……こういう意味ね」

実演されて納得したその時、遠くから何かが飛来し、龍淵の足元に突き刺さった。

見ると、抜き身の剣が廊下に突き刺さっている。

二人が啞然としてその凶器を見ていると——

「そんなところで何をやってるんです？」

どすの利いた声とともに、剣の持ち主である郭義が歩いてきた。皇帝に向かって剣を投擲《とうてき》するとは信じがたいほどの暴挙であるが、彼はそういうことをやってしまう男なのだった。

「この男を夫として扱うという話は了承しましたが、節度ってものは必要でしょうよ。皇太后様の見舞いだと聞いたから様子を見に来てみれば……こんなところで何やってるんです？」

小姑《こじゅうと》みたいな粘着性で聞かれ、紅蘭がどう説明したものかと考えていると、龍淵が先に口を開いた。

「この女の寝室に誘われて向かおうとしていただけだが？」

しれっと言い出す。

郭義の全身がびしりと凍り付いた。

「な、な、何を……」

「俺は嘘を言ったか？」

龍淵は、傍らの紅蘭をじろりと見やる。

「いいえ、言ってないわね」

誤魔化すことを諦めてあっさり肯定した紅蘭に、郭義は愕然と顎を落とす。

「ぐ、が、が……」

　何が言いたい？

「何の問題があるんだ？　兄上」

　龍淵は小馬鹿にしたような物言いで郭義をそう呼んだ。郭義は一瞬停止し、しばし意味を捉え損ねて放心し、ざっと青ざめた。

「何でお前が！」

「この女に聞いた。出生の秘密とやらをな」

「なあっ！」

　変な声を上げながら郭義は紅蘭を睨んだ。

「ええ、言った言った」

　紅蘭は平然と答えてにこっと笑った。

「馬鹿野郎っ……じゃないですか、紅蘭様！」

　郭義は両手を胸の前に持ち上げてわなわなと震えている。

「大事な秘密をこんな奴に！」

「大丈夫よ」

「何を根拠に！」

「私が大丈夫だと言ったことが根拠よ」

「いやそれ根拠じゃねえ!!」

だんと足を踏み鳴らす。

「うるさい男だな……声が不快だ、もう行くぞ」

龍淵は煩わしそうに嘆息し、紅蘭の手を引いて歩き出した。

「待てこら殺されたいか！」

「うるさいと言ってるだろ。ついてくるな、見たいのか？」

「あ!?　何をだ!?」

そこで龍淵は立ち止まり、振り返って真っすぐ――そして冷淡に郭義を見た。

「俺がこの女をぐちゃぐちゃに抱き潰すところを」

無感情に言い放つ。言葉の色と熱が全く釣り合っていない。

郭義は頬を引きつらせて数拍凍り付き、廊下に突き刺さった剣を抜いた。

「いいわね、受けて立つわよ」

紅蘭は郭義を無視し、龍淵に向けて言った。

「受けて立つな！　馬鹿！」

「私に馬鹿なんて言うの、お前くらいよ。そもそも私が夫と愛し合って何が悪いの。素直に認めているでしょ。私の負けよ。私、龍淵殿が可愛いわ」

「うぐっ……しかしですね！　やっぱり納得できないんですよ。あなたの夫になる男は、家柄が良くて顔が良くて頭が良くて性格が良くて背が高くて品があって……そういう完璧な男じゃないとやっぱり許せないんですよ！」

「全部当てはまってるわね、それ」

「くっそおおおおお!!」

郭義は剣をぶん投げて頭を抱えた。しかしはっと顔を上げる。

「いや！　性格は最悪でしょうが！」

「あら、彼はなかなか良い性格してるわよ」

「意味が違う！」

ぎゃあぎゃあと言い争う郭義と紅蘭を見やり、龍淵は小さく嘆息した。

「どうしたの？」

「やめた……興が削がれた」

「何か気に入らなかった？」

「……俺はあんたを愛するつもりはない」

どうやら紅蘭の言った言葉がお気に召さなかったらしい。

「ふっ……馬脚を現したな下種野郎……」

妙に澱《よど》んだ郭義の声が割って入る。

「いいですか、紅蘭様。どんな条件を並べ立てようとも、あなたの夫に最もふさわしいのは、この世の誰よりあなたを愛してる男だ！　つまりこいつは失格です！」

びしっと龍淵の顔を指さしながら言い放った。

龍淵はそんな郭義をじっと見返す。

「何だ、言い返してみろ」

「……ちょっと来い」

「は？」

「いいから来い」

龍淵は手のひらを上に向けて人差し指を動かし、郭義を呼びつけた。

「何だ？　殴り合いでもするつもりならいくらでも受けて立つぞ」

怖い顔でずかずかと近づく郭義の腕をがしっと摑み、龍淵はすぐ傍にあった部屋の扉を開く。

「え？　ちょ……何……」

「黙ってついてこい」

そう言うと、龍淵は郭義を部屋に引きずり込んだ。ばたんと無情な音を立てて扉が閉まる。

「は!?　うわ！　ちょっ！　やめっ……ああああああああああ！」

扉の向こうから悲痛な叫び声がひとしきり響くと、辺りはしんと静まり返った。

きいっと小さな音を立てて戸が開き、龍淵が一人静かに出てくる。入った時と比べて乱れたところは何一つない。閉まりかけた戸の隙間から、床に頽《くずお》れた郭義の後ろ姿が見えた。

「終わったの？」

「……あんたに、褒美をもらってなかった」

不意に言われて、母の部屋に見舞いに行く前の会話を思い出した。

「そうね、きみにはご褒美をあげなくちゃ。何がほしい？」

龍淵はしばし考え、無感情に答えた。

「あんたの体と時間がほしい」

第四章　人喰い虎の傷

何がどうしてこうなった？

翌日、紅蘭は政務を休んだ。いつも忙しく仕事ばかりしている紅蘭が、後宮から出てこないというのは即位して初めてのことで、周囲はいささかざわついた。

そんな中、紅蘭は自分の部屋に仕事を持ち込み、閉じこもる。

広い部屋には小さな低い卓が置かれており、そこに書簡の山ができている。そしてその前に龍淵が座っていた。

彼は無言で紅蘭を見上げ、胡坐《あぐら》をかいて自分の膝をぱしぱしと叩いた。ここに来い——と言うように。

「分かったわよ、約束だものね」

紅蘭は短く嘆息し、彼の膝の上に腰かけた。

すると龍淵は紅蘭の腹に腕を回し、肩に顎を乗せて体を密着させてきた。

その体温に、紅蘭は鼓動が速まる。すぐ後ろに彼がいる……今この瞬間、首に牙を立てられるかもしれない……いつ殺されてもおかしくない緊張感にぞくぞくする。

無言で仕事をしていると、三人の女官が茶や菓子をもって部屋に入ってきた。

彼女たちは紅蘭と龍淵を見るなりその場に凍り付く。

真っ赤な顔でぷるぷると震えだし、たまらなくなったように顔を背けた。

「くうう……私たちの紅蘭様にべったりくっついて……うらやまくやしい……！」

「でも見て、二人のお姿……この世のものとは思えないほど美しいお二人が抱き合って……！　もうダメ！　鼻血出る！」

いや、抱き合ってはいない。

「尊すぎて見てられない……！」

「ねえちょっと！　誰か絵師を呼んできてよ！　後世に残しましょうよ！」

「あなた天才！　大賛成！」

本当にやめろ。

「今目の前で接吻とかされたら私死んじゃう」

「え、私も死なせて」

女官たちは異様に興奮しながら口々に言った。今日も変態絶好調である。

それより早く茶を注いではもらえまいか……紅蘭は心を無にしながらそう思った。

「あんたの女官たちは……変だな」

紅蘭の肩に顎を乗せたまま龍淵がぼそっと言った。

この男に言われてしまうとは相当だ。紅蘭は少なからず同情した。

「可愛いでしょう？」

胸の内を表に見せることなく笑ってみせる。

「ちょっとからかってやりたくはなるな」

龍淵はそう言うと、突然紅蘭の身体を傾けて瞼《まぶた》に口づけてきた。

「き……きゃあああああああああん」

女官たちは歓喜の悲鳴を上げ、顔を覆い、指の隙間からガッツリとこちらの様子を凝視し、そしてとうとう部屋から駆け出した。

「どうぞお二人でごゆっくり続きを！」

「え!?　私のお茶！」

紅蘭は慌てて呼び止めたが、誰一人振り向きもせず逃げ去ってしまった。

「あんたの女官は面白いな」

「ふ……そうでしょう？　自慢の女官たちよ」

紅蘭は頬が引きつるのを抑えてどうにか言ってのけた。

「いいものを見せてもらったわ。寿命が延びた気がする」

ほうっと熱い吐息を漏らしながら、女官たちは廊下を歩いてゆく。

「あらやだ、お茶を持ってきちゃったわ」

「そんなのいいわよ。むしろ、精力のつくお酒や薬湯などを用意しましょう！」

「え、女官の鑑《かがみ》すぎない？」

ふふふと笑い合っていると、女官の一人が急にぼろぼろと泣き出した。

「やだ、どうしたの？」

「あ、ごめんなさい、お二人の仲がいいのが嬉しくて……紅蘭様は……私を酷い養父から助けて下さって、癒やしてくださったけど……紅蘭様を癒やせる人は誰もいなかったから……お一人で何でもできてしまうから……ずっとお一人なのかしらって……紅蘭様は誰より強いから、一人でも寂しくないんでしょうけど……」

たちまち他の女官たちも涙ぐむ。

「分かるわ、私もそうよ。身売りされそうになってたところを助けられて……紅蘭様のために死ぬって決めてるの。だから、最初はとんでもない色魔が輿入れしてきたって怖くて仕方なかったけど、あれくらい怖い人じゃないと紅蘭様に釣り合わないのかもしれないわね」

「そうね、あんな美しい殿方に迫られたら私たちの心臓がちょっと危機だけど、私たちの心臓なんて些末《さまつ》な問題よね」

「些事《さじ》よ些事。それにさっきの見た？　龍淵殿下ったら紅蘭様に夢中じゃない？」

「遊び人をも籠絡する紅蘭様の魅力！」

「そうよ、それに何より、お二人がそろった時の絵力！」

「分かるー！」

「守りたいあの光景！」

「紅蘭様にはいつも笑っていていただきたい！」

「そうよ！　そのために、私たちは馬鹿で面倒な変態でいなくちゃ！」

「今日もみんなで変態道を貫くわよ！」

おー！　と声をそろえ、女官たちは天に拳を突き刺した。


紅蘭は静かになった部屋で、仕事に集中していた。

妙な緊張感に頭が冴えて、仕事がはかどる。

一刻ほど過ぎたところで龍淵が動いた。

「静かだな……」

そう呟き、紅蘭の肩から顔を上げる。

正直、紅蘭は彼に拘束されて動けないせいで体が痛くなっていて、静かとかどうとかそれどころではなかった。一人の相手とこんなにくっついていたことはない。

「女官たちが来ないからね」

女官たちが傍にいると、いつもだいたい騒がしいのだ。

思い返してくすくす笑っていると、龍淵が髪を引っ張った。

「いや、静かなのはあんたの部屋に怨霊がいないからだ」

「え？　そうなの？」

少し驚いて振り返ると、間近にある赤い瞳がちらちらと金の光を帯びた。

「見てみるか？」

彼はそう言うと、答えを待たず紅蘭の首筋に顔を埋《うず》めた。柔らかい皮膚を唇で食まれ、紅蘭はくすぐったさに笑い出した。

「ちょ、ちょっと待って……それはダメ……うくくく……」

変な忍び笑いをする紅蘭を、龍淵はしかし解放しない。首筋の同じところを執拗《しつよう》に舐《な》められて、紅蘭は笑い声を押し殺しながらぶるぶると震えた。

「見えないだろう？」

問われて紅蘭は部屋を見回した。さっきまでと何も変わりなく、部屋の中は静かだ。

「いないわね」

紅蘭は涙目で同意した。

「奴らはあんたを畏怖してる。愛されたくても恐ろしくて近づけない」

「ああ……この世のたいていの人間は私に対してそうよ」

紅蘭は納得して頷き、再び仕事に戻った。

龍淵も再び紅蘭にくっついて口を噤《つぐ》んだが、少しして不意に言った。

「あんたはどうして母親を助けたいんだ？」

「おかしなこと聞くわね、大切な母上を助けたいのに理由を求めるの？」

「なら、何故あんたは母親が大切なんだ？」

質問の雰囲気が変わり、紅蘭は振り返った。肩口にある彼の顔を見て、その何を考えているか分からない目を覗き込む。

「夫を裏切って不貞を働いた女と、主を裏切ってその妻を寝取った男を、あんたは特別に贔屓するという。何故？」

「何故と聞かれても……」

紅蘭は少し困り、前を向いてその理由を考えた。

「母上と柳大臣は元々許嫁で、後から割り込んだのは父の方だからというのもあるけど……そもそも私は別に、彼らに清廉潔白を求めてないわ。彼らの不義は、私の恥ではない。だから私は彼らを好きでいられるの。それが贔屓するということよ」

紅蘭はほんのり笑った。

「そんなこと言ったら先帝が気の毒かしらね」

今度は血の繋がらない父である先帝のことを思い返す。

「先帝はね、凡庸な男だったのよ」

紅蘭が思いついたように言ったが、龍淵は何も言わなかった。彼はあまり、相槌《あいづち》を打たない。

「特別優れたところもなく、高い志もなく、かといって欲に溺れて国を傾けるようなこともなく、ただただ凡庸で何の力もない男だった。正直、これに皇帝が務まるのなら誰にでも務まるだろうと私は思ったわ。だからかしらね、この人の血を引いて生まれたかった……って、思わなかったわ」

この宮殿に戻り、初めて父と謁見した時のことを思い出す。情熱のないあの瞳に、紅蘭は映りたいと思わなかった。

「能力のない人間が血筋だけで上に立つと、自分も周りも不幸だわ」

「だからあんたは、皇帝の血を引いていないことを恥じてはいないのか」

その問いかけに、紅蘭はふっと笑ってしまった。

「そんなものに自分の価値を委ねたりしないわ。不義の子である自分が帝位についたことにも罪悪感を抱いたことはないわよ。しいて言うなら、そうね……私は私の血を宿しているだけでこの椅子に座る価値がある——そう思って玉座に座ったわ」

そう思えなければ今頃とっくに死んでいる。

「ねえ、これが終わったら今度は私に付き合ってもらうわよ。由羅姫を探すのに」

「ああ」

龍淵は興味なさそうな返事をして、紅蘭の肩に顔をうずめた。

「次のご褒美もこれがいい」

「また？　いいけど、これって楽しいの？」

「別に楽しくはないが……あんたの傍は静かだ」

その言葉に、紅蘭はようやく合点がいった。

「ああ……怨霊がいない場所の方がのんびりできるということね？　分かったわ。またこれをあげるわ」

そう言ってやると、龍淵は紅蘭の体に回した手に力を込めた。ちらと後ろを向くと、彼は目を閉じていた。赤い瞳は瞼に隠されて見えない。

大きく美しい獣が紅蘭に縋って眠っている。そのことに不思議な満足感が湧いてきて、うっとりと淡い吐息を漏らす。目を開けば紅蘭を殺すかもしれないこの凶暴な獣が、可愛い。このどうしようもなく厄介で面倒で思い通りにならないこの危険な獣を……飼い馴らしたい。そう思いながら、彼の白銀に輝く髪をそっと撫でてやった。

その時、部屋の扉が開いて女官の暮羽が銀の盆を持ってきた。彼女は紅蘭にくっついている龍淵を見て、微笑ましく目元をほころばせながら近づいてくる。

「先ほどは他の女官たちが粗相したそうですわね。お茶をどうぞ、紅蘭様」

暮羽は書簡の散らばった卓の端に盆を置き、上にのった茶碗の一つをとって中身を飲み干した。

「問題ありませんわ、どうぞお飲みください」

暮羽は女官であり、紅蘭の口に入る全ての物を先に食べる毒見役でもあるのだ。紅蘭に忠誠を誓うこの女官は、自分が紅蘭の健康を守るのだと決めている。

紅蘭がようやく茶にありつくと、暮羽は居住まいを正して話しかけてきた。

「柳大臣からの伝言を預かっているのですが、今お伝えしてもよろしいですか？」

「ええ、何？」

「脩国の王を招いて会談の場を設ける話です。日取りが決まったそうですわ」

その瞬間、紅蘭にくっついている龍淵の体が反応した。眠ってはいないらしい。

「いつになったの？」

「半月後だそうです」

そこで龍淵が顔を上げた。

「……兄が来るのか？」

「ええ、今の脩王はきみの兄だったわね」

紅蘭が戦で脩を破った時、それまでの王や王子は処刑された。残ったのは王子が二人だけ。そのうちの一人が脩の王になり、残る一人は極悪女帝の夫になった。それが龍淵だ。

元々、この縁談は龍淵の兄である脩王が持ち掛けてきた話だと聞いている。国を守るため、極悪女帝に美しい弟を差し出し……

「ねえ……きみの兄はどんな男？」

紅蘭はふと聞いてみた。龍淵は一瞬考えるように口を閉ざし、答える。

「……凡庸な男だ」

それは紅蘭が先帝を評した時に使った言葉と同じだった。

「脩王は、きみが呪われていることを知ってるの？」

「……ああ、知っている。脩の王宮にそれを知らない奴はいなかった」

理解できないやり取りを目の前で始められた暮羽は面食らった様子だったが、口を挟もうとはしなかった。こういう時、この女官は出しゃばらない。

「きみと兄上は仲が良かったの？」

「別に。あれは俺を恐れていたし、俺はあいつが嫌いだった」

「へえ？　きみが人を嫌ったの？」

彼はこの世の全てを侮蔑しているようなところがあるが、特定の人間を嫌うところはあまり想像できない。

「脩王は、切れ者か愚か者のどちらかでしょうね」

紅蘭は想像しながら言った。

「私が脩の王だったら……きみを絶対に国から出さないわ」

ずっと怪しんでいたことを口にする。こんな恐ろしい力を持つ男を手放す？　とても正気とは思えない。脩王は何か企んでいる切れ者か、あるいは何も考えないほど愚かなのか……

「他国の後宮へやるなんてもってのほかよ。自分の力が及ぶ場所で管理するわ」

「……それはあんたの強さが異常だからだ」

龍淵は冷ややかに言った。

「管理しきれないものは遠くへやりたいと思う人間もいる」

「脩王はきみを管理しきれなくなった？」

「あの国に俺を管理できるような人間はいなかった」

「……そうでしょうね」

この美しい獣を御せる人間が、そうそういるとは思えない。人の掟に収まるはずもないような男だ。常識という枷《かせ》をはめられた者ではとても太刀打ちできないだろう。

「ずいぶんと自儘《じまま》に振る舞ってきたんでしょうね。彼らではきみを理解できなかったに違いないわ」

すると、龍淵は喉の奥で嘲笑めいた声を漏らした。

「あんたも……俺をそれほど理解しているとは思えないがな」

そう言われ、紅蘭は驚いた。確かに紅蘭は、この男を理解できない。これほどまでに理解不能な生き物を見たことがない。そう思っている。けれど——紅蘭が彼を理解していないということを、彼が理解しているとは思わなかった。そんなことを直接口にしたことはなかったし、知らせるつもりもなかったから、知らないだろうと思っていたのだ。

「あんたも奴らと、それほど変わりはしない。あんたは確かに、この世の何より強いが……強すぎるあんたに、俺のことは分からないだろう」

絶望感も悲愴感も、なにも宿らないがらんどうの声で、彼は言った。

そして紅蘭から離れ、立ち上がる。

「どこへ行くの？」

「……飽きた」

一つ呟き、彼は気まぐれな獣のように部屋を出て行った。

ふいっと消えてしまった夫を引き止めることなく見送った紅蘭を、女官の暮羽は黙って眺めていた。

紅蘭は小さくため息を吐いて、がっかりと肩を落としている。

本当にずいぶんと、紅蘭は夫を気に入っているようだ。

この人は本当に……厄介なものばかり気に入る人だから……

「紅蘭様は、本当に龍淵殿下を大切にしていらっしゃいますね」

暮羽は優しく微笑みながら言った。

微笑みながらも、緊張感で心臓がバクバクいっている。この夫婦を見ていると、いきなり殺し合いでも始めるんじゃないかといつもひやひやしてしまうのだ。

だというのに、こちらの気も知らず紅蘭は呑気に言う。

「ええ、可愛くて仕方がないの。本当に不覚だわ」

彼女はやれやれとまたため息を吐く。

それはきっと、彼女の本心だろう。

極悪女帝という呼び名に反し、紅蘭は優しいのだ。困っている者、傷ついている者、助けを求めている者……全てに手を伸ばしてしまう。そして、全てを救ってしまえるだけの力を持っている。李紅蘭という人は、本当に優しいのだ。

ただ――それと同じくらいの残虐性と冷酷さを持っている。それだけのことだ。

紅蘭は龍淵を気に入っている。とても可愛がっている。本心から、惹かれているのだろう。

だけど……ひとたび彼を自分の敵だと認識してしまえば……紅蘭は眉一つ動かすことなく龍淵の首を刎ねてしまうに違いない。

そういうことが出来てしまう人なのだ。

たとえ夫でも……たとえ親でも……敵とみなせば首を刎ねろと命じるに違いない。

この人を敵に回すということは、死と同義だ。

それこそが彼女を極悪女帝たらしめている。

こんな恐ろしい人は、この世のどこを探しても他には存在しない。

想像し、暮羽はぶるっと身震いしてしまう。

「紅蘭様、どうか殿下と仲良くしてくださいませね」

思わず拳を握って訴える。

さすがに夫を惨殺した極悪女帝になってほしいとは思わない。

「大丈夫よ、私たち仲良くしてるでしょう？」

いや、ちょっと目を離したら殺し合いでもしているんじゃないかと不安で仕方ないのだが……

「そうかもしれませんけれど、もう少し殿下を籠絡するべく、初夜の続きをなさるのはいかがですか？　不勉強が心配でしたら、私、実演しますし！」

胸を叩いて宣言する。

「誰を相手にするつもり？」

紅蘭は呆れたように聞き返してきた。

「ええと……郭義様とか……？」

「やめてあげてちょうだい。泣いて逃げ出しちゃうわよ」

「なんなら、紅蘭様に直接手ほどきしても！」

「私は側室を持つつもりはないわよ」

「まあ……側室になるなんて、そんな厚かましいことは考えてませんわ」

思わず赤くなった頬を両手で押さえる。

「ただ、お二人を心配しているだけですのに……」

「分かったわよ、ちゃんと仲良くするわ」

「じゃあ、龍淵殿下を連れ戻して参りますけどよろしいですか？」

「ええ、そうしてちょうだい」

「殺し合ったりしないでくださいね？」

「しないったら。私はお前に嘘なんか吐かないでしょう？」

あなたのそういう平気で嘘を吐くところを心から尊敬してますわ……とは言えず、暮羽は立ち上がった。

「郭義様に捜してきてもらいますから、待っていてくださいね」

にこっと笑いかけて、暮羽は紅蘭の部屋を出た。

出るなり、一つ嘆息する。

本当に……殺し合いにならなければいいのだけど……


夕暮れ時の後宮を、龍淵は一人怠惰に歩く。

すれ違う女官たちは、龍淵を認めると怯えたように飛び退《すさ》って距離をとった。そして遠巻きにこちらを凝視している。龍淵が彼女たちを幾度も誑かしたことは、もちろんみな知っているだろう。

龍淵はそうやって怨霊たちを喰らってきたが、それは決して力を得るためだけではなかった。

知りたいことがあるのだ……それを知っている者を、探して喰おうとしているのだ……そのために、龍淵はこの後宮に来た日から怨霊を喰い続けてきた。

歩く廊下には、様々な怨霊が巣くっていた。どれもこれもまともな理性を有しているようには見えないが、その中でも比較的落ち着いた様子を見せている生首の前で立ち止まった。

「由羅のことを知りたい。あの女のことを教えろ」

冷ややかに問うと、生首はガタガタ震えだした。

『……おお……おおおおお……恐ろしいことを……あのお方に近づいてはなりませぬ……』

「いいから答えろ。由羅がこの後宮でどんなふうに生きて死んだのか……俺はそれを知りたいんだ」

『……姫君のことは……決して口外してはならぬのです……わたくしは何も……知らぬのでございます……』

「そうか、分かった。役立たずは俺の腹に入っていろ」

龍淵が手を伸ばした生首を摑もうとしたその時——リィンと鈴の音がした。

はっとして顔を上げる。あいつだ……あいつがいる……

またリィンと音がした。

「……俺を呼んでいるのか？」

呟く声に応えるかの如く、また鈴の音が……

龍淵はその音に従って歩き出し、しばし歩いて知らない無人の部屋に入った。

夕日の茜《あかね》に染まった部屋の中央にそれはいた。

「やっぱりお前か……」

そこに漆黒の少女が立っていた。夕日を受けても染まることなく、どこまでも黒い。

「まさかお前が怨霊になっているとは思わなかったよ。ちょうど俺も、お前に会いたいと思っていた。俺はお前をよく知っている。兄から何度も話を聞いたからな。兄を覚えているか？　由羅」

名を呼ばれ、少女はうっすら微笑んだ。しかし、何も言わない。龍淵は、目を凝らして少女を見る。裾からわずかに覗いた少女の足には鋼鉄の枷がはめられ、鎖でどこかに繋がれていた。鎖の先ははるか遠くへ伸びていて、先は見えない。

「お前の許嫁だった兄のことだ。お前が裏切った兄のことだ。お前を愛して愛して愛して……今でも愛し続けている兄のことだ。覚えていないとは言わせない」

龍淵が幾重に言葉を紡いでも、少女はやはり答えなかった。

「お前は……お前たちは……この帝国は……そのせいで兄がどうなったか知らないだろう。そのせいで……俺が兄に何をされたか知らないだろう。俺は貴様らを、百万回でも殺してやりたい」

少女は悲しげな瞳で龍淵を見つめていた。憐憫《れんびん》に満ちたその瞳は、龍淵の精神を苛《いら》立《だ》たせた。

「……兄に会わせてやろうか？」

挑発するように龍淵は聞いた。この少女の瞳を驚愕《きょうがく》か怒りの色で染めてやりたいという一心で聞いた。しかし少女は、ただ静かに首を振った。

「そうか……なら、兄には紅蘭に会ってもらおう。それでも会ってもらおう。兄はあの女を憎んでいるから、出会えば何をするか分からない。兄を狂わせた……俺をこんな風にした……その罪を、贖《あがな》ってもらう」

すると少女の瞳に、初めて動揺の色が浮かんだ。龍淵はその隙を逃すことなく、彼女に向かって手を伸ばす。

「それが嫌なら……お前の右の小指を俺に喰わせろ。昔、兄と約束した小指だ」

龍淵はこれほど強い怨霊を喰えない。だが、小指一本なら……

そう告げると、少女はしばし龍淵を見つめ返し、ゆっくりと歩いてきた。差し出された龍淵の手に己の手を重ねようと手を伸ばし――

龍淵は反射的に後ろへ倒れこんだ。一瞬前まで自分がいた場所が、幾重にも切り裂かれ、背後の壁が凄《すさ》まじい破砕音と共に砕け散った。

少女の瞳にはもう戸惑いも迷いもなかった。わずかの光も宿らぬ闇色の瞳が龍淵を深く貫いている。

「兄を裏切った時も……お前はその目をしていたんだろうな……」

龍淵は誰にも届かない声で呟いた。

やはりこの怨霊は喰えない。

このままではやられる……腹の中に巣くう怨霊どもを、使い潰してでもこの場を逃れなければ……

龍淵がきつく歯噛みして体内に意識を集中したその時、

「お前、こんなところで何をやってるんだ?」

不意に部屋の外から声をかけられた。

見ると、紅蘭の護衛官である郭義が怪訝な顔で立っていた。彼は部屋の中を見て、破壊された壁を見て——あんぐりと口を開ける。

「お前! こんなところで何やってんだ!」

「……お前こそ何をしている」

「紅蘭様がお前を心配して捜しに行けというから、わざわざ来てやったんだろ。ずいぶん酷い目に遭ったみたいだな、ほら、立てよ」

と、郭義は床に座り込む龍淵の手を引いた。

立ち上がり、辺りを見回すと少女の怨霊はすでに姿を消していた。

「紅蘭様のところに戻るぞ」

そう言うと、彼は先導して歩き出した。

近道して庭園に出れば、いつの間にか日は暮れていて、辺りは薄暗くなっている。不吉な気配が漂い、そこかしこに怨霊どもが蠢いている。

龍淵は彼らと目を合わせることなく庭園を歩いてゆく。

「あまり一人になるなよ。ここには危険な奴もいるし、お前を狙う奴もいるだろうからな」

先導していた郭義が前を向いたまま言った。

「……たとえばお前のように？」

龍淵が聞き返すと、彼はぴたりと足を止めた。

ゆっくりと振り返る。その顔には、変に引きつった無様な笑みが広がっていた。

「何の話だ？」

「……誤魔化しても無駄だ。今度はお前か……そんなに俺が欲しいか？」

腕組みしてわずかに首をかしげる。

すると薄気味悪い笑みを浮かべていた郭義の背中から、ぼこぼこと耳障りな音を立てて赤い肉塊が盛り上がってくる。

龍淵は顔をしかめた。見間違いようもない……あれは、皇太后華陵にとりついていたあの怨霊だ。

「やはりお前か……お前、いったい何者だ？」

龍淵は腕組みしたまま静かに問いただす。

「……この男の命が惜しければ……その身を寄こせ……」

郭義はぼそぼそと唸るように言った。

「その男を人質にでも取ったつもりか？　無意味だ。俺はその男の命になど興味はないし、目の前で死んだところで痛くもかゆくもない。勝手に殺せ」

龍淵はわずかの迷いも挟まず切って捨てる。

「……その身を……寄こせ……」

「俺の体を手に入れてどうする気だ？　冗談じゃない。お前のような悍ましいものなど喰ってたまるか、絶対に」

「寄こせ……」

郭義はなおも言い、龍淵に近づいて来ようとする。

「誰がお前など……」

龍淵は苦々しく呟き、身の内に巣くう怨霊を引きずり出そうと身構えた。その時、郭義の体がぴたりと止まった。全身から汗が吹き出し、体が小刻みに震えている。

「何なんだ……こいつは……いったい何なんだよ……俺は……何を……」

柳郭義の人格が戻ったと、龍淵は察した。怨霊に体を乗っ取られながら、わずかに意識を保っている。

「お前は怨霊に体を操られている」

龍淵は端的かつ残酷に告げた。

「怨霊……だと？」

郭義はしばし呆然とし、震える手で腰の剣を抜いた。今にも暴れ出しそうな体を抑え込みながら、彼はその剣を……自分の首の後ろに当てた。

「……何をする気だ？」

「……こいつ……紅蘭様を狙ってる」

妙に据わった目で郭義は言った。

「こいつ……こいつ……この野郎……俺の体を使って何しようとしてくれてんだ！　てめえの首刎ね飛ばしてやるよ！」

そう叫び、彼は自刎《じふん》の形に構えた剣に力を込めた。

しかし、わずかに血が滲《にじ》んだところでその剣は止められた。他ならぬ龍淵が、その剣先を指でつまんで止めていた。

金色に光る眼で忌ま忌ましげに郭義を――その奥にいる怨霊を見やる。

「来い」

と、一言命じた。いや――許してしまった。

途端、郭義の背中にとりついていた赤い肉塊が、ずるりと離れて襲いかかる。

龍淵はきつく歯噛みし――諦めて力を抜くと、それを、喰った。

「紅蘭様！　このクソ野郎が……龍淵殿下が怨霊にとりつかれました！」

紅蘭の部屋に郭義が勢いよく飛び込んできたのは、陽《ひ》がすっかり暮れた後のことだった。

いきなりの知らせに紅蘭は驚き、郭義がぐったりとした龍淵を背負っている姿を見てまた仰天した。

そんな紅蘭の前で、郭義は龍淵を背から下ろす。龍淵は苦しげに呻いていたが、意識を失っているわけではないらしく、床に座り込んでしまった。

「……とりあえず私の寝台で横になって」

事情が分からないまま、紅蘭がそう言って腕に触れると、龍淵はうっすら目を開けて紅蘭の腕を引っ張り、きつく抱きしめてきた。

「どうしたの？　何があったの？」

「……あれを喰った……あんな悍ましい奴を……くそっ……くたばれ……！」

苦々しげに吐き捨て、さらに力を込めてくる。

「紅蘭様、怨霊ってのはいったい……ここで何が起こってるんですか！　紅蘭様のご命令でこいつを捜してたら、途中で俺、変なモノにとりつかれて……体を……乗っ取られて……あいつ、あの化け物……紅蘭様を狙ってた！　そしたら、こいつが俺を助けるために身代わりでとりつかれて……！　ちくしょう！　何なんだよ！　この後宮でいったい何が起きてるんですか⁉」

郭義は酷く取り乱して喚いた。今にも泣きだしそうになっている。

「落ち着きなさい、郭義。お前にも説明するから」

紅蘭は一考し、この護衛官にも全てを話しておくことに決めた。

龍淵と出会ってからのこと……怨霊を見せられたこと……皇太后華陵が呪われていること……全て話した。

郭義は真っ青な顔でぶるぶると震えながら聞いていた。

全てを聞き終えると彼はいきなり近くの壁を殴った。

「紅蘭様……あいつ……あの気味の悪い怨霊ってやつは！　あれは……‼」

「うるさい……」

郭義の言葉を遮り、龍淵が煩わしそうな声を出した。

「……郭義、話の続きはまたにしましょう。龍淵殿を休ませるから出ていきなさい。静かにしてやりたいわ」

するとと郭義は何か言いたげに手を動かしたが、諦めて拳を下ろした。

「……分かりました」

己の無力を噛みしめるようにぐっと歯噛みして、素直に部屋から出ていった。

二人きりになると、紅蘭は自分に抱きついてくる龍淵の背を撫でた。

「横にならなくて大丈夫？」

しかし彼は答えず、ただ苦しそうに呻いている。紅蘭は答えを求めることを諦め、ただ彼を抱きしめ返した。

それからどれくらいの時間が過ぎたか……

深夜、龍淵の苦しげな呻き声はようやく止まった。

秋の夜だというのに彼は全身に汗をかいていて、酷くぐったりと紅蘭に縋る。

「もう大丈夫なの？」

紅蘭はわずかに体を離して確認した。

「……ああ」

「汗が冷えてしまうから着替えて寝台に入りましょう」

そう言って、紅蘭は立ち上がった。

部屋の外にいる女官に着替えを用意させる。しかし、彼女たちを部屋に入れることはしなかった。ここは今、獣の巣だ。不用意に足を踏み入れれば喰い散らかされてしまうだろう。そう感じる。今ここにいられるのは、この世で紅蘭一人に違いない。

「ほら、着替えさせてあげるから」

紅蘭は彼を立ち上がらせて服を脱がせ、手早く寝間着に着替えさせた。

龍淵は全く逆らうことなく着替えさせられ、よろよろと奥の寝室に入った。力なく、ばったりと寝台に倒れこむ。

すぐに寝てしまうだろうかと紅蘭が考えていると、彼はちらと紅蘭を見やり、自分の隣をぱしぱしと叩いた。早く来いとでもいうように。

紅蘭は思わず笑ってしまい、寝台に上がり込む。

「いったい何があったの？」

「……皇太后を呪っている怨霊の正体が分かった」

龍淵が掠《かす》れた声で呟く。

「何ですって？ あの赤い肉塊の怨霊？ いえ……その話は後にしましょう。それより大丈夫なの？ きみ、ずいぶん苦しんでたわ」

気にはなったが、怨霊の正体はいったん脇に置いておく。

紅蘭は龍淵の少し湿った白銀の髪を、毛並みに逆らわず撫でてやった。すると龍淵は心地よさそうに目を閉じた。

「……怨霊に犯された後はいつもあんなものだ」

「……え？ 犯された？」

紅蘭は一瞬聞き間違いかと思い、聞き返した。

「……いつものことだ」

「どういう意味？　きみは怨霊を喰ったんでしょう？」

「……喰った怨霊は俺の体を隅々まで蹂躙《じゅうりん》して欲望を満たそうとする。俺は……奴らを喰らうたびに犯されている。奴らがこの身の内に巣くっている限り、ずっと……」

淡々としたその答えに、紅蘭はぞっとした。いつだったか、彼が怨霊を喰らいたがっていないのではと思ったことを思い出す。彼自身も、それを肯定するようなことを言っていた。彼は怨霊を喰うことを好んでいない。犯されるという言葉を使ったのも初めてではない。それは分かっていたのだ。ただ、その理由を分かっていなかった。

「何故そんなことを⁉」

思わず厳しい声が出た。いや、違う……こんな風に問い詰めたいわけではない……

それなのに、ついかっとしてしまった。

「何故そうまでして怨霊を喰うかという意味か？」

感情的になった紅蘭に対して、龍淵はどこまでも冷静だった。

「喰わなければ、もっと悍ましい奴に襲われるからだ。あの赤い肉塊みたいな奴にな。普段喰っている奴らは、それを退けるための盾だ。その代わりに、体を提供してやっている。本当に危険な怨霊に犯されるくらいなら、雑魚な怨霊百匹に犯された方が遥《はる》かにましだからな。久々にあそこまで穢れたやつを喰って……こたえた……」

そこで深く息をつく。

紅蘭は彼の言葉を頭の中で整理し、推測し、気が付いた。

「きみ、もしかして母上を呪っていたあの怨霊を喰ってしまったの？　郭義がとりつかれたという怨霊というのはあれだったの？　きみ、絶対に喰いたくないと言ってたのに」

龍淵の話と郭義の言葉を合わせ、紅蘭はその答えにたどり着いた。

「……ああ」

「どうして……？　きみが郭義を助けるなんて……」

呆然とする紅蘭の問いかけに、彼は答えなかった。

「ありがとう、龍淵殿。きみは、私の護衛官と母上を助けてくれたのね。母上は呪いから救われたんでしょう？」

紅蘭は心から礼を言った。しかし、龍淵は横たわったまま否定の言葉を口にする。

「いいや……俺が喰ったのはほんの一部だ。あんなもの全部喰ったら……俺は頭がおかしくなる。皇太后はまだ呪われたままだ」

その言葉に全く落胆しなかったと言えば嘘になるが、紅蘭は優しく微笑んだ。

「分かったわ。とにかくきみが無事でよかった」

そう言う紅蘭を見上げ、龍淵はふと手を伸ばしてきた。

「どうしたの？」

紅蘭はその手をとる。彼は紅蘭の手を数回にぎにぎして、つかんだまま目を閉じた。

「……俺が初めて怨霊に犯されたのは五歳の時……その時喰った怨霊はすさまじく穢れた怨霊で……俺は半年寝込んだ。あの感覚を味わいたくなくて、俺は怨霊を喰い続けてる。二十年間、一瞬も空くことなくずっと犯され続けている。だが……あんたに触れてると、その嫌悪感が消えるんだ。悍ましい声が……全身を這いずり回る感覚が……なくなる。あんたの強さが異常すぎて、奴らが怯えて隠れてるのが分かる」

「きみ……それで私に触れたがったの？」

紅蘭は驚き、同時に納得した。

すると彼は目を開けて、ちょいちょいと手招きする。呼ばれるままに紅蘭が身を屈《かが》めると、彼は自分の胸に紅蘭を引き倒した。触れ合った瞬間、彼が安堵《あんど》したように深呼吸するのが分かった。

「今までずっと……苦しかったのね」

「……ああ、怨霊に犯されるのは汚らわしくて気色悪いよ。だが、それと同じくらい快感でもある」

「……へ？」

思いもよらないことを言われ、ちょっと変な声が出た。龍淵は紅蘭の頭を自分の胸に押さえつけていたので、どんな顔をしているのかは見えない。

「怨霊に犯されるのは、嫌悪と同じくらいの快感だ。体の隅々まで蹂躙されて、強制的に快感を呼び起こさせられる。だから、一概に苦しいとは言えない」

平然と言われ、その言葉を理解し、その感覚を想像し、紅蘭は吐き気がした。

望まない快感を強制的に……？　今この瞬間も、そうだというのか……？

紅蘭はきつく唇を嚙みしめ、とっさに龍淵の体を抱きしめ返した。女の腕とは思えないくらいの力で。

「……痛いな。何だ？」

「明日から、きみは私の部屋で寝なさい。朝起きた時から、昼も、夜も、眠る間もずっと可能な限り私の傍にいなさい」

「……俺は誰の指図も受けない」

「これは指図じゃなくお願いよ。可愛くて魅力的な旦那様を、一日中傍に置いておきたいの。私のお願いを聞いてちょうだい？」

紅蘭が顔を上げて間近で見下ろすと、龍淵はしばし黙り込んで薄く唇を開いた。

「あんたほど……強い生き物に会ったことはないな。あんたといれば、俺はずっと楽に生きていけるんだろう。だから……いずれあんたを殺すのが、もったいないなと少しだけ思うよ」

そう言って、彼は再び目を閉じた。そしてそのまま寝息を立て始める。

最後まで、何を考えているのか分からない気まぐれな獣のように。


紅蘭は一睡もせず龍淵の眠る姿を見守った。

夜明け頃、彼は目を覚ましてぼんやりと紅蘭を見上げた。

「おはよう、龍淵殿」

「……おはよう」

紅蘭は寝台の上に起き上がり、背筋を伸ばして彼を見下ろした。

「体は辛くない？」

「……吐き気がする」

力なく言われて紅蘭は彼の手をつかんだ。触れれば少し楽になると、昨夜彼は言っていた。

「今日も一日中くっついてるわ。きみに巣くう怨霊どもを震え上がらせてあげる」

後宮に籠もる覚悟を決めて紅蘭は言った。しかし、龍淵は肯定するでも否定するでもなく、無感情にじっと紅蘭を見上げてきた。

「やっぱり似ていないな……」

「……何の話？」

「俺が昨夜喰った……皇太后を呪っている怨霊の正体の話だ」

言われて紅蘭は思い出した。それ以上の衝撃で忘れていたが、龍淵は昨日あの怨霊の正体が分かったと言っていたのだ。

「そんなことを言ってたわね……で、あの怨霊の正体は何だったの？　やはり私のせいで始末された女官だったの？」

しかし似ていないとはどういう意味だ？

問いただす紅蘭を見上げ、彼はゆっくりと起き上がった。

紅蘭の問いに答えようと口を開き――しかしそこで、寝室の扉が開かれた。

夜が明けてすぐの、本来ならまだ寝ているであろう時間帯に入ってきたのは郭義だった。少しばかり顔色が悪く、彼もまた一睡もしていないのではないかと思われた。

「どうしたの？　何かあった？」

紅蘭が聞くと、郭義は渋面でしばし唇を引き結び、意を決したように口を開いた。

「……一晩考えてました、何かの間違いじゃないかって……。だけど、どう考えても間違いじゃない。俺があの方を見間違えるわけない。俺にとりついて操ったあの怨霊を、俺はよく知ってます。それを一刻も早く伝えるべきだと思って……」

紅蘭の眉がぴくりとはねた。あの方——と、彼は今言った。彼は女官に対してそんな言い方をしない。

「誰だったの？」

「……あれは……」

「あんたの父親だ」

言いよどんだ郭義の隙をついて龍淵が言った。

「……父親？」

その言葉に当てはまる人物を瞬間的に思い浮かべられず、紅蘭は呆ける。

「間違いないです。あれは……先帝陛下です。あなたの、お父上です」

郭義が苦々しげに言葉を継いだ。

「あれが……父上……？」

紅蘭は放心したまま呟き、

「まさか、ありえない」

断じた。

「あの凡庸な男が、あの悍ましい怨霊に？　そんな根性があれば、もう少しましな皇帝になれたはずよ」

動揺して、思わず酷い本音が零れてしまう。

「紅蘭様、俺も信じられませんでした。何かの間違いだと何度も思いましたよ。だけど、あれは間違いなく先帝陛下だった。とりつかれた俺が言うんだから間違いない」

再び言われて、紅蘭はさすがにそれ以上否定できなくなった。

「父上が……怨霊になった……？ そして母上を呪っているの？ 何故？」

問いかけてみれば、答えは自分の中ですぐに出てきた。

「父上は……母上の不貞を知っていた？」

最初に赤い肉塊の怨霊を見た時、龍淵は紅蘭に言ったのだ。あれは紅蘭を呪いたがっているのだと。父が母の不貞を知っていたのなら、不義の子である紅蘭を呪わしく思っていたことだろう。ましてや、その子が帝位についたとなれば……

一瞬の驚きが去ると、紅蘭の頭はたちまち冷静になった。

「憐れな男であることは確かだけど……母上を呪う怨霊なら始末しなくては」

「どうやって？」

冷ややかに聞いてきたのは龍淵だ。

「あんたはあれを説得して、あの世に送ることができるのか？」

問われて紅蘭は想像する。あの悍ましい怨霊を説得する場面を。

彼は被害者ともいえるだろう。憐れなのは確かだ。だとしたら――何故自分はこんなにも、あの怨霊に嫌悪感を抱いているのだろう。あの悍ましいものを説得……

「できるわけがない」

龍淵は紅蘭の思考を読んだわけでもないだろうがそう言った。

「俺はあれの一部を喰ったから分かる。あれには理性などもう残っていない、醜悪な肉塊だ。あれを説得できるような人間はいない。たとえあんたでも――だ」

突き放すような物言いだったが、それに異を唱える気にはならなかった。実際、紅蘭は父を説得する言葉を持っていない。ならばおとなしく呪いを受け入れるかと聞かれれば、それはもちろん否である。

「……由羅姫なら」

ふと呟く。

「彼女なら……もしかしてあの怨霊を滅することができるのかしら？」

由羅姫はあの怨霊を一撃で切り刻んでいた。この場所で最も力ある怨霊だと龍淵も言っていた。彼女ならば、あの怨霊を……

「……できるかもしれない」

「あの時……父上の怨霊に襲われた時、由羅姫は私たちを助けてくれたわ。私たちの頼みを、聞いてくれると思う？」

「……どうだろうな。生者と変わらないくらいの理性を残しているように見える怨霊は、時々どんな怨霊より恐ろしいものになる」

「私たちを襲う可能性があるということね……」

紅蘭は考え込んだ。

由羅姫は紅蘭を助けたように見えたし、言葉が通じそうだった。しかし、それが表向きのもので、一皮むけば恐ろしい怪物が潜んでいることもあるのなら……迂闊《うかつ》に近づくことはできない。由羅姫は龍淵でも喰えないほど強いと、彼自身が言っていたのだから。いったいどうすれば、あれを動かせる……？

「由羅に許嫁がいたのは知っているな？」

龍淵が唐突に言った。

「え？　ええ、知ってるわ」

「相手は俺の兄だ」

「ええ、それも知ってる」

「兄なら、由羅を動かせるかもしれない」

紅蘭は零れ落ちんばかりに目を見開いた。

「……どういうこと？」

「由羅の中に、今でも兄に対する思いがほんの少しでもあれば……兄の顔を見て、姿を現すかもしれない」

「ああ……なるほど」

紅蘭は彼の言わんとすることを理解した。

確かにかつての許嫁の顔を見れば、由羅は出てくるかもしれない。そして彼の頼みであれば、聞くかもしれない。

それは、紅蘭自身が口説き落とすよりよほど効果があるだろう。

「きみの提案に乗るわ。それでいきましょう。由羅を、落とすわ」

第五章　宴と陵墓と罪人たち

半月が経ち、その日がやってきた。

斎の属国たる脩の王であり、龍淵の兄でもある男——王路晏《ろあん》が斎の都を訪れた。

紅蘭は過不足なく脩王を迎える準備を整えたが、唯一懸念することがあると言えば、怨霊の存在を知って以来、郭義がふさぎ込んでいるということだ。彼は案外怖がりで泣き虫だから、怯えているのかもしれない。

それは心配だったが、紅蘭はひとまずそれに構っている暇はなかった。

「よく来てくれたわね、路晏殿」

紅蘭は宮殿で客を迎える時に使う、香楼殿《こうろうでん》に路晏を迎えた。

路晏も従者たちも女帝自らの出迎えに驚き——その驚きをもって紅蘭はその場の空気を支配した。

路晏は初めて会う美貌の極悪女帝と、帝国の威信を示すかの如く煌びやかに飾り立てられた建物を眺め、恐縮したように礼をした。

「お招きくださり、ありがたく思います。紅蘭殿」

路晏は三十代後半の男で、美しさや利発さとは無縁だが、真面目そうな顔をしている。礼儀正しく、身に纏うものも礼に適《かな》っていた。

「会談は三日後だから、今日は宴席を楽しんでちょうだい。あなたには喜んでいただきたいわ」

紅蘭が飛び切りの笑顔を向けると、路晏はわずかに頬を紅潮させ、また礼をした。

「ぜひ。紅蘭殿とは色々と語り合いたいことがあるのです」

「ではどうぞ、こちらへいらして。私が案内するわ」

「紅蘭殿自らとは……恐れ入ります」

恐縮しきった彼を誘い、紅蘭は隣の部屋へ移動した。

そこには盛大な宴席が設けられていて、大きな円卓は豪華な料理で埋まっていた。

そしてその卓には、主賓の登場を待たずすでに座っている者があった。

その男を見た途端、路晏の全身が強張るのを紅蘭は見た。路晏に付き従って脩からやってきた従者たちも、みな一様にざわついた。

「どうした？　座れよ、路晏」

その男——龍淵は、卓の端に頬杖をついて不遜に命じた。

「……久しぶりだな、龍淵」

言いながらも、路晏は足が張り付いてしまったかのように動かなくなる。

「お座りになって」

紅蘭は彼に着座を進め、自分は龍淵の隣に座った。

彼がまた想定外の行動を起こすのではないか……警戒しながら微笑む。

「心ばかりのもてなしだけれど、喜んでいただけたら嬉しいわ」

そうして宴は始まった。

宮廷楽師が奏でる楽の音に合わせ、美しい舞姫が舞を披露する。

卓には最高級の料理が並んでいる。次々運ばれる酒も上等なものだ。普通なら、浮かれ騒いでもおかしくない。しかし、路晏は浮かれるでもくつろぐでもなく、緊張の面持ちで料理や盃《さかずき》を口に運んでいる。

「路晏殿は幼い頃、我が国に留学していたと聞いたわ」

宴もたけなわという頃、紅蘭は路晏にそう問いかけた。

「はい……十の頃から数年間、こちらで学ばせていただきました。

「じゃあ、懐かしいところもあるでしょうね」

「ええ、色々と思い出します」

「行きたい場所があるなら案内するわ」

「では……」

そこで不意に、傍らの龍淵が紅蘭の長い髪を引っ張った。一部結い上げてあるところに飾られた簪がしゃらしゃらしゃらと鳴った。

「どうしたの？」

振り向くと、龍淵は深紅の瞳でじっと紅蘭を見つめている。

「気分が悪い」

いきなりそんなことを言う。

「飲みすぎたの？　だったら部屋で少し休んで……」

「さっき一匹喰ってきた」

そう続けられて、すぐさま意味を察した紅蘭は眉をひそめた。

「きみ、今日は喰わないようにと言ったでしょ」

「ちょうど使えそうな奴がいたんだ」

龍淵はまたじっと紅蘭を見る。それ以上何も言うことなく、何の要求もすることなく、ただじっと……じーっと……ひたすら見つめてくる。

あまりに何も言わず、引き下がる気配もないので、紅蘭はとうとう折れた。

「くっ……分かったわよ、ほら」

と、左腕を広げると、龍淵は紅蘭の左の肩に頭を乗せてすがってきた。

甘えるというにはあまりにも……不遜で卑怯《ひきょう》なやり口であった。

「きみ、邪魔をしないでね」

紅蘭はそう言いつけて彼の髪をくしゃくしゃと撫でまわす。周囲に侍っていた女官たちが色めき立つ気配を感じる。今日だけは変態を抑えていてくれと切に願いながら、紅蘭は路旻に向き直った。

「話を中断させてしまってごめんなさい」

微笑みかけると、路旻はあんぐり口を開けてこちらを見ていた。

その背後に控えている脩の従者たちも、恐れ慄いたように息を詰めている。

まるで、必死で檻《おり》に閉じ込めておいた猛獣を平然と散歩させている剛の者を見たような反応だ。

おそらくこの中には、龍淵の餌食になった者もいるのだろう。あの目に見られたら、抗いようがない。彼は怨霊を喰うというが、人の心も喰らうに違いない。

紅蘭は驚愕する彼らに微笑みかける。

「どうかして?」

「は……その、紅蘭殿は、我が弟をずいぶんと……ご寵愛《ちようあい》くださっているのだと思い、驚いております」

「私、獣を愛《め》でるのは好きなのよ」

悪戯っぽく言う紅蘭を、路旻はなおも信じられないという顔で見やる。

「龍淵殿にとっての故郷がこの国になってくれると嬉しいわ。路晏殿にとっても思い出の地なのでしょう？　それで、どこか行きたい場所はあって？」

龍淵の邪魔により中断した話を、紅蘭はどうにか引き戻した。

路晏はしばし二人を見比べていたが、真剣な顔になって言った。

「では、陵墓に参ることは可能でしょうか？」

意外な申し出に、紅蘭は目をぱちくりさせた。

「誰か、亡くした人がいて？」

聞くと、路晏はわずかなあいだ躊躇いを挟んだ。そして、告げる。

「……先帝の妹君である、由羅姫の陵墓に参りたいのです」


昔から、陵墓に参るのは夕方から夜にかけてと決まっている。

翌日の陽が傾き始めた頃、紅蘭は龍淵と路晏を連れて皇家の陵墓へと向かった。

馬車の周りには騎馬の護衛をずらりと並べ、都の通りを進む。

本来ならばその中には、紅蘭が命を預けている護衛官の郭義がいてしかるべきだが、彼は急に体調不良を訴えて宮殿にとどまった。

どうにも怪しい……彼は怖がりで陵墓に参るのをいつも嫌うから、そのせいかもしれないが、この大事な時に欠席するのはあまりに怪しかった。

紅蘭は一抹の不安を抱えて陵墓へと参った。

陵墓は城郭の外に築かれており、宮殿からは距離がある場所だ。着いた頃には日が沈んでいて、辺りは薄暗くなっている。山の端を染めるわずかな茜色が、太陽の沈んだ位置を教えていた。

たどり着いた陵墓は広い領地に造られた小高い塚になっていた。いくつもの石灯籠が並び、その一角に石室への入口がある。

「紅蘭様自ら案内してくださるとは思いませんでした。私は一人で参るつもりでしたから……」

皇帝が軽々に墓参りなど、あまりするものではないだろう。死の穢れに触れぬよう、決して近寄らぬものも多い。しかし紅蘭は、この陵墓に幾度も訪れたことがあった。

自分が首を刎ねた兄たちの眠るこの墓を……。

後悔があるわけでも罪悪感に苛《さいな》まれているわけでもない。ただ、弔っているのだ。

「何故ここに来たかったの？　路晏殿」

紅蘭は馬車から下りて陵墓を眺め、尋ねた。

「……由羅姫の冥福を祈るのは、私の義務ではないかと思いまして」

「そう……由羅姫には生前、許嫁がいたそうよ」

「……はい」

答える路晏の表情がわずかに曇る。

「相手は……脩の王子だったそうね」

「……はい、よく存じています。由羅姫の許嫁だったのは……私の双子の兄でした」

彼は苦い表情でそう答えた。紅蘭はその言葉を聞き、ゆっくりと頷いた。

「ええ、あなたの兄上、王樹晏《じゅあん》殿……よね？」

「はい、樹晏と私がこの国に留学していた頃、樹晏は姫と知りあい、婚約することになったのです」

「双子なら、あなたと樹晏殿は顔立ちがそっくりだったんでしょうね？」

その問いに、路晏は目を細めて頷いた。

「同じ顔をしていましたよ。ですが由羅姫は私と樹晏を間違えたことはありませんでした」

「二人が出会った頃はまだ幼かったと聞いてるわ。樹晏殿は十歳で、由羅姫は八歳。幼く愛らしい許嫁同士で、仲睦《むつ》まじかったと」

するとと路晏は小さく笑った。

「あまりに仲が良くて、私などは兄を取られたとむくれていたくらいです」

そこで彼は表情を陰らせる。

「……由羅姫が十歳という幼さで亡くなったと知った時、樹晏は酷く嘆き悲しんでいました。生きた屍のようでした。だからでしょうね……その数年後、樹晏は姫の後を追うように命を絶ちました。たった十七歳の若さで。あれからもう……二十年も経つのですね」

「由羅姫のせいだと、思ってらっしゃる？」

紅蘭の問いに、うつむいていた路晏は慌てて顔を上げた。

「いえ、まさか！　ただ……樹晏は由羅姫をずっと想っていたので、今でもこの辺りにいそうだと……そう思っただけなのです。馬鹿な兄に、少しばかり文句を言ってやりたいと思っただけなのです」

そう言って、彼は陵墓を見上げた。紅蘭も彼に倣って陵墓を眺める。

辺りは次第に暗さを増し、曇り空には星も月もない。お互いの姿もじきに見えなくなりそうだった。

「お前は小さい頃から樹晏に懐いていたな……」

路晏は何気なさを装って龍淵に話しかけた。龍淵は紅蘭のすぐそばで影のようにひっそりと黙っていたが、暗い中でも彼の容貌は酷く目立った。

「別に懐いてはいない」

「だが、樹晏はいつもお前を可愛がっていた。お前だって、樹晏以外の人間を傍に寄せ付けなかっただろう？」

路晏はいささか物怖《ものお》じした様子ながらも、懸命に話しかける。

「逆だ。樹晏以外の人間が、俺に寄り付かなかったんだろう？　お前たちは、俺を恐れていた」

「それは……」

「怨霊ごときがそんなに怖いか？」

問われ、路晏はぶるりと身を震わせた。

「お前、そんなことを……」

ちらと紅蘭を見る。その視線の意味を紅蘭はすぐに察した。

「路晏殿、心配することはないわ。私は彼のことを、よく分かっているつもりよ」

怨霊の存在は知っていると、暗に告げる。

路晏はほっとしながら驚くという器用な表情を浮かべてみせた。

「だから、路晏殿……あなたにお願いがあるのよ」

「な、何でしょうか……」

「由羅姫と、会っていただきたいの」

死者に会う。率直に願い出た紅蘭の言葉を、彼は最初理解できないらしかった。怪訝な顔でしばし黙り込み、ようやくその意味を察してたちまち青ざめた。

「由羅姫は……まさか……まさか…………怨霊に……？」

紅蘭は無言であごを引いた。

路晏が喉の奥で悲鳴を上げる。陵墓を見上げ、後ずさる。

その態度を見て、紅蘭は少々失望した。これは……とても由羅姫を説得できるとは思えない。あまりにも、怯えすぎている。

紅蘭が作戦の中断を考えたその時、陵墓を管理している墓守が駆けてきた。

「陛下、後宮からの使者が……」

墓守が言うのと同時に、馬が一頭陵墓の敷地の中に駆け込んできた。

馬に乗っているのは紅蘭の筆頭女官である暮羽だった。暮羽は馬を急停止させ、転がるように下馬した。

「紅蘭様、今すぐお戻りください！」

「どうしたの？」

いつも落ち着いている彼女の張りつめた様子に、紅蘭は一瞬で警戒心が生じた。

暮羽は両手をわたわたと動かし、どう説明すればいいのかと迷い、言った。

「郭義様が……皇太后様に……いえ、柳大臣に、剣を向けておられるのです」

「…………何ですって？」

完全に聞き間違いだと紅蘭は思った。しかし暮羽はもう一度大声で叫んだ。

「郭義様が柳大臣に剣を向けています！　止めてください、紅蘭様！」

紅蘭はしばし放心し、自分の髪をぐしゃっとつかんだ。

「あの馬鹿……！」

呟くと、紅蘭は暮羽の乗ってきた馬に飛び乗った。

「龍淵殿！　来て！」

その呼びかけに、龍淵はさほど焦った風もなくゆっくりと歩き出し、紅蘭の後ろに乗った。

「暮羽！　路晏殿！　後から戻っていらして！」

言い残し、紅蘭は馬の腹を強く蹴って夜の道を走らせた。

紅蘭の腹に腕を回してしがみついている龍淵が不意に聞いてきた。

「……あの男は、父親に剣を向けて何をしようとしているんだ？」

「おおむね見当はつくわ。あの馬鹿は……父親を本当に尊敬しているからね」

紅蘭は馬を激走させながら答える。すると背後で小さく笑う気配がした。

「なるほど……どうやら今日だったな。俺があんたを殺すのは」

忍び寄るその声にぞくりとする。このまま首を掻き切られれば紅蘭は為《な》す術《すべ》もなく命を落とすだろう。

しかし、龍淵は紅蘭の体に腕を回したままそれ以上動こうとはしなかった。

夜道で馬を爆走させ、紅蘭と龍淵は宮殿に帰りついた。

驚く衛士たちを押しのけ、後宮への道を急ぐ。

暮羽は皇太后様と最初に言った。つまり、母の部屋に柳大臣がいるのだ。

紅蘭は大きな歩幅で後宮を闊歩し、皇太后の部屋にたどり着いた。

部屋の前には皇太后付きの女官たちが集まり、酷く怯えた様子で中を気にしている。

「みな、どきなさい」

紅蘭は彼らをかき分けて前に出た。

「紅蘭様！　いったいどういうことですか！　皇太后様に何をする気です！」

女官たちは困惑しながら喚いたが、そんなものはこちらが聞きたい。

「少し待っていなさい」

紅蘭は勢いよく扉を開け放ち、部屋に乗り込んで——想定外の光景に首を捻った。

部屋の中央に、郭義が正座している。そして彼に向かい合って、柳大臣が正座している。その後ろに、皇太后華陵が険しい顔で佇んでいる。

そして郭義と瑛義親子の間には、一振りの剣が横たわっている。

ちょっと……どういう状況なのか分からない。もう少し血腥《ちなまぐさ》く鬼気迫る状況を想定していたのだが……これは何の会議だ？

紅蘭が戸惑っていると、後ろから入ってきた龍淵が扉を閉めた。

「ですからあなたは腹を切るべきだと言ってるんです、父上」

こちらに気付いているだろうに、郭義は振り返りもせず床を叩いた。

「できないというなら俺が、首を刎ねて差し上げます」

「何度言えば分かるんだ、郭義。お前が何を怒っているのか私にはさっぱり理解できない」

「まだ誤魔化そうっていうんですか」

「何を誤魔化すというんだ」

「父上が皇太后様に呼び出されてることを、俺が知らないと思ってましたか？　こんな時間に……紅蘭様の留守を狙って皇太后様の部屋に忍び込むなんて……今でも密通してるという何よりの証拠じゃないですか！」

「………お前は……何を言ってるんだ」

突然の詰問に、柳大臣は酷く狼狽えた様子で拳を握った。

紅蘭も度肝を抜かれて制止が遅れた。こんなところで……誰が聞いているか分からないところで……この男は何を……！　背後から脳天を蹴飛ばしてやりたい思いがしたが、紅蘭に昏倒《こんとう》させせられるほど軟弱な護衛官ではない。

郭義は酷く興奮していて、更に詰め寄る。

「俺も紅蘭様も、あなた方が罪を犯したことを知ってます。あなた方が先帝陛下を裏切り、密通していることも……紅蘭様が不義の子であることも、俺たちはずっと前から知ってるんです。父上！」

柳大臣は、完全に言葉を失った。真っ青になって凍り付いている。その背後で、華陵も口元を袖で覆い、がたがたと震えている。

「お前が……何故それを……」

「この半月、ずっと考えてました。どうしたら先帝陛下の怒りはとけるのかと……。今日、ようやく分かりました。今でも密通を続けている父上を、先帝陛下が許すことはない。だから……素直に罪を認めてください、父上。そして先帝陛下に謝罪し、腹を切ってください。それが唯一父上にできることです！」

「ば……馬鹿を言うな！　そんなことをして、誰が紅蘭様を支えるというんだ！」

狼狽えながらも言い返した父に、郭義は余計憤り、再び床を殴りつけた。

「俺がお守りしますよ！　紅蘭様は父上の血を引く、俺の妹なんですから!!」

強く、そう宣言する。しかしそれを聞いた途端、柳大臣と華陵は同時にきょとんとし、同時に首を傾げた。

「郭義……お前、本当に何を言っておるのだ？　紅蘭様がお前の妹……？　その厚かましい発想はどこから出たんだ？」

郭義はぎりと歯噛みする。

「今更白を切るつもりですか？　紅蘭様は皇太后様と父上の子でしょう？　なら、俺の妹じゃないですか」

その言葉に、柳大臣は完全に呆けた。永遠とも思える時間、馬鹿みたいに口を開けていたかと思うと……唐突に拳を握り、息子の頭を殴りつけた。ただ、彼はおよそ人を殴るということのない男だったので、その拳は息子のこめかみに変な角度で当たり、がすっと鈍い音を立てた。殴られた郭義はわずかに眉をひそめ、殴った柳大臣は痛そうに拳を押さえた。

「郭義……お前は……死んだ母さんを……私の妻を愚弄するのか！」

柳大臣は拳をさすりながら怒鳴った。

「紅蘭様が私の子なわけなかろう！　確かに図々《ずうずう》しくも実の娘のように愛おしく思っているし、皇太后様も私を紅蘭様の父のような存在だとおっしゃるが……それはあくまで心の中の話だ！」

「なっ……だってあの時……え!?　父上の子じゃない……？　え？　じゃあ、紅蘭様は誰の子だって言うんですか!?」

今度は郭義が狼狽えて聞き返した。

紅蘭は親子のやり取りを聞きながら、ただただ呆然としていた。

彼を……柳大臣を父だと思ってきた。その息子の郭義を、兄だと思ってきた。それが嘘だったというなら……自分はいったい誰だ？

その疑問が頭の中を占めた時、隣に黙って立っていた龍淵がぼそりと言った。

「来たな……これでやっと全員揃《そろ》った」

彼は何もない部屋の端を凝視していた。紅蘭には見えない何かを、見ている。

「おい……お前たち、全員こっちを見ろ」

龍淵はいつもより声を張ってそう言った。

郭義が、柳大臣が、華陵が、そしてそれ以外の見えない何かが……みな彼を見た。

「俺の目を見ろ」

彼はもう一度そう言った。同時に、その瞳が怪しく金色の光を帯びる。その瞳に全員が魅入られ、身動きすら取れなくなる。

龍淵は最後に紅蘭の肩を抱き寄せ——

「それじゃあ……あんたを殺そうか」

そう囁くと、紅蘭の唇を奪った。

第六章　それは誰の罪業か

全身が浮遊感に包まれ、気づくと紅蘭は屋外に立っていた。

昼間の大通りに、一人佇んでいるのだ。

「ここは……どこ？」

混乱し、呟くと——

「ここは宮殿を出て真っすぐ南下した場所にある繁華街だ」

すぐ傍でそう言われ、紅蘭は素早く振り返った。背後に龍淵が立っていた。

「ちょっと待って、私、混乱してるわ。さっきまで夜で、後宮にいたはずよ。どうしてこんなところにいるの？　夢でも見てるの？」

「……まあそうだな。これは夢だ」

そう言って、龍淵は歩き出した。

紅蘭は混乱しながら後を追った。頬にあたる風、露店で売られる食べ物の匂い、人の声、地面を踏む感触……どれも現実と何ら変わりなく、夢と言われてもにわかには信じられない。

少し歩くと龍淵は立ち止まり、向こうから歩いてくる一人の少女を指さした。

「あれは……由羅姫？」

見覚えのある少女が軽やかな足取りで都を歩いてくる。紅蘭が知っている十歳頃の少女ではなく、それよりいくらか幼い八歳くらいの姿だ。

「由羅、はぐれると危ない。こっちにおいで」

後ろから男が歩いてきて、由羅を抱き上げた。

「あれは……もしかしたら、父上？」

男は凡庸な顔立ちに凡庸な意思を宿した瞳で凡庸に生きている凡庸な男だった。ずいぶんと若いが、見間違えるはずはない。男は紅蘭の父、玄侑《げんゆう》だった。

「兄様は、お忍びで街を歩くのが好きね、また怒られちゃうわよ？」

「別に怒られたりはしないさ。あの宮廷には、私に期待している者など一人もいないから……。自分がどれほどつまらない人間か、誰より知っているのは私自身だ」

「そんなことないわ、兄様にはたくさんのお嫁さんがいるじゃない。みんな兄様を大好きでしょ？」

「……さあ、どうだろうな。先月ようやく正妃を迎えたけれど……彼女には元々許嫁がいたと聞くし、無理やり嫁がされて後悔しているかもしれない。表向きはそんなところを見せないけれど、私を恨んでいるんじゃないだろうか……いや、こんなことお前に言うべきじゃなかったな」

玄侑は苦笑してかぶりを振った。

「……兄様、そんな悲しい顔しないで。由羅は兄様が大好きよ、ずっとよ」

「ありがとう、由羅……」

父は由羅姫を抱きかかえて通りを歩いて行った。

紅蘭と龍淵はその後ろ姿を見送って——

「これは……何……？　私は何を見ているの？」

紅蘭は問いただした。

「ただの夢だ。じゃあ、行こうか」

龍淵はそう言うと、紅蘭の手を引いて歩き出した。すると、辺りの景色がぐにゃりと歪み、気づけば宮殿の庭園を歩いていた。

「私、由羅というの。あなたは？」

少女の無垢《むく》な声が聞こえて立ち止まる。花の咲き誇る庭園に、由羅が立っていた。

由羅はほんのりと愛らしく目元を染めていた。その目の前には、一つ二つ年上の少年が……。顔立ちは、脩王路晏によく似ている。

「僕は樹晏と申します」

少年は真っ赤な顔で名乗った。

「樹晏……私のお友達になってくれる？」

由羅姫の差し出した手に、樹晏の小さな手が重なる。

そしてその景色も崩れ去った。

ぼんやりと曖昧な風景の中、由羅姫が微笑んだ。

「ねえ、樹晏。私樹晏のことが大好き」

「僕も由羅が好きだよ」

由羅姫の隣に立つ樹晏が答えた。

彼らが消えると、知らない女官たちが数人現れた。

「由羅姫と樹晏殿下が婚約することになったそうよ」

「あら、おめでたいこと。きっと可愛らしくて素敵なご夫婦になるわ」

「お幸せになっていただきたいわね」

次の瞬間、少し背の伸びた由羅姫が走ってくる。

「兄様、どうして最近元気がないの？」

「何でもないよ、少し疲れてるだけなんだ」

暗い表情の玄侑が立っていた。

「悲しいことがあったら言ってね。由羅は兄様の味方よ」

由羅姫は玄侑の手を握る。

「由羅は私が大事かい？」

「ええ、とっても大切よ」

「そうか……」

暗い顔の玄侑が消え、由羅の背が少し伸びた。

「樹晏……きっと私を迎えに来てね」

泣きながら右手の小指を差し出す。

「うん、必ず迎えに来るよ」

樹晏は由羅姫の指に自分の指を絡め、そう誓って旅立った。

次々に現れる人々を眺め、紅蘭は傍らに立つ男を見上げる。

「私は何を見せられているの？　龍淵殿」

見ているではなく、見せられている――と、今度ははっきり言った。

「何だと思う？」

「……これは……本当にあった過去の出来事なの？」

そう聞くと、龍淵は紅蘭の方を向いた。赤いはずの瞳が……金色に輝いている。怨霊を喰う時、怨霊の力を使う時、彼はこんな風に目の色が変わる。その光景を幾度も見ている。なら、今は……？

「これはもしかして……きみが喰った怨霊の……記憶？」

するると龍淵の口の端が、わずかに持ち上がった。

「ああ……ここは俺の中だ。あんたは今、俺と繫がっている」

「きみの……中……」

「ああ、これが俺の内側……呪われた怨霊の巣くう身の内だ。ここに広がる光景は、俺がいつも見ている景色。たとえ見たくなくともな……。あんたにこの光景を見せるため、俺はここまでやってきた。あんたは最後まで見るべきだ。そして全てを知るべきだ。自分が何者であるのかをな」

そう告げる金の瞳は、金属めいて冷たい。

「……きみはそれを最初から知ってたっていうの？」

「ああ、言っただろう？　俺はあんたを憎んでいると」

確かに彼はそう言った。その意味を今紅蘭に伝えようとしているのだ。ならば紅蘭は、それを受け入れなければならなかった。

「……ええ、いいわ。全て見せなさい。きみが私に見せたいものを、全部見せてみなさい。私が何者であるのか、教えてみせなさい！」

「なら、ついてこい」

龍淵は紅蘭の腕をつかんで歩き出した。歩いていると周囲が明るくなり、紅蘭は見覚えのある部屋に立っていた。

調度品は今と違うものだが間違いない。皇太后華陵の部屋だった。

華陵は驚愕の表情を浮かべて部屋に佇んでいた。

「今……何とおっしゃいました？」

「由羅が死んだ」

玄侑が彫像のような無表情で言った。

「何を……馬鹿なことを……昨夜までお元気で、この部屋に遊びにきていらした。死んだなんて……いったいどういうことです？」

「由羅は死んだのだ」

玄侑はどこまでも淡々と、告げた。

「……陛下……何をおっしゃっているのですか？　即位したばかりでお疲れなのは分かります。ですがどうか、お心を強く……」

「由羅は死んだと言っている。死んだ者は、もう誰にも嫁ぐことはできない」

玄侑は冷ややかに言った。華陵の顔から血の気が失せた。

「陛下……由羅姫をどうなさったのですか!?」

華陵は叫びながら玄侑の胸元を摑んだ。彼はその手をすげなく振り払い、もう何も言うことなく部屋を出ていった。

「由羅は十歳で死んだとあんたは言った。あんたが生まれる五年前のことだ」

龍淵は静かに囁いた。その言葉に不穏な気配を感じ、紅蘭はぞっとした。

そうだ……由羅姫は紅蘭が生まれる五年も前に死んでいる。だから――その可、能、性、を考えたことはただの一度もなかったのだ。

表情をこわばらせた紅蘭の頰に、龍淵の指が触れた。その指先は、紅蘭の動揺を確かめるかのように輪郭をなぞった。

「次だ」

彼が言うと、景色は歪んで違う部屋が見えた。

見たこともない部屋だ。窓はなく、室内は暗い。しかし、美しく整えられた調度品はこの部屋に住む者を喜ばせようという気配を纏っていた。

そんな部屋の端に、少女が蹲《うずくま》って座っている。死んだと言われた由羅姫だった。

酷くやつれ、今にも消え入りそうに見えた。そしてその足には鉄の枷がはめられていた。冷たい鎖がじゃらりと鳴る。

その部屋に、玄侑が重い足取りで入ってきた。

「……ここから出して……兄様」

由羅姫はかすれた声で懇願する。

「……お前はずっとここにいるんだ」

「そんなことできない……だって私……樹晏に嫁ぐって約束したもの」

「お前はもう死んだ。死者は誰にも嫁がない」

「何で……兄様……どうしてこんなことするの……？」

「……由羅……私はお前がいないと生きていけない。お前だけが私を理解して支えてくれる。私にはお前が必要だ。頼むから……傍にいてくれ……どこにもいかないでくれ……」

玄侑は絞り出すように言い、妹の目の前に跪いた。

「兄様……私そんなこと……」

「私を好きだと言ったのは嘘なのか？　ずっと味方だと言ったのは嘘なのか？」

突如、玄侑の声音が変わった。妙に低く、不穏な気配を帯びる。

それを察したかの如く、由羅姫は後ずさりした。

「兄様……やめて……」

「他のどんな女でもダメだった。お前でなければ……私はずっと……ずっとこの日を望み続けてきたんだ。由羅……お前は私のものだ」

玄侑は由羅姫の……妹の白い足をつかんだ。

そこでバン！　と大きな音がして、突如あたりは暗闇に沈んだ。

ただ一人、少女が暗闇の中に横たわっている。引き裂かれた衣を引きずり、由羅姫はゆっくり起き上がって薄く微笑んだ。

「あなた、悪趣味な人だわ。人の記憶を勝手に覗いて……」

少女らしからぬ目つきで龍淵を見上げる。

「路晏がここに来てからずっと……お前は俺たちを見ていたな。俺がそれに気づかないと思ったのか？　路晏が気になったか？　あれはお前を呼び寄せるための餌だ。お前も俺と繋がった。その内側を覗くのは簡単だ」

「そう……この先を見るなら、引き換えにあなたの心臓をもらうわ」

しかし龍淵は怯《ひる》みも躊躇いもしなかった。

「俺はお前が何をされたかには興味がない。見たいのは、これよりずっと先の話だ。お前がこの部屋を出た後の話だ」

「……それは私が十四歳の時の話ね」

呟くと、由羅姫の姿が急に変わり、彼女は十四歳頃の少女になった。

「私が……紅蘭を身籠もった時の話ね」

その言葉を聞き、紅蘭の心臓が一度大きく鳴った。

由羅姫は十で死んだと聞いていた。だが――それよりずっと後まで生きていたとしたら――？

「あなたが私の……母親……？」

紅蘭が苦々しく呟くと、由羅姫はそこで初めて紅蘭と目を合わせた。紅蘭はぎくりとする。いつの間にか、由羅姫の顔には殴られたような痣《あざ》ができていた。

「兄様が……不義の子はおろすべきだと言ったから……子が生まれることをとても恐れたから……私は初めて見張りを騙《だま》してここから逃げ出したわ。そして姉様に助けを求めたの。兄様の正妃である華陵様に」

そこで母の名が……ずっと母だと思ってきた人の名が出て、紅蘭は息を呑んだ。

「姉様は私が生きていたと知ってとても驚いてたわ。そして、私を保護してくださった。柳瑛義様の屋敷に匿《かくま》ってくださったの。私はそこで無事にあなたを産むことができた。あなたが生まれてすぐ命を落としたから……傍にはいられなかったけれど……姉様と瑛義様はあなたをとても大切に育ててくれた……そうでしょう？」

微笑みかける由羅姫の顔が、泣きそうに崩れた。

紅蘭はそんな由羅姫を真っすぐに見つめ返した。今や紅蘭は彼女よりずっと年上になってしまった。しかし、不意に自分が幼い少女になったような気持ちになった。

その時――龍淵が突然近くの空間を横殴りにした。暗闇がドンと鳴った。

「俺はお前が何をされたかに興味はない。お前が誰にどれほど惨《むご》い行為を強いられていようが、俺にとってはどうでもいい。ここから先は……お前が何をされたかじゃなく、お前が何をしたかという話だ」

龍淵は静かに……静かに告げた。

暗闇が開けると、そこはよく知った屋敷の一室だった。

「あなたがここにいることは、もう陛下にばれてしまったようです、由羅姫」

若かりし日の柳瑛義だった。そこは柳家の一室で、彼の前には腹の大きくなった由羅姫が座っていた。

「お二人が密通して私を助けてくれたと知られたら……責められてしまうのでは？　姉様の女官が不審な死に方をしたって聞いたわ。それもきっと……」

密通とは姦淫の意味で使われることもあるが、これはどう聞いても別の意味だ。

不安そうな顔をしている由羅姫の前に、華陵がしゃがみこんだ。

「どうか安心してください、由羅姫。どれだけ責められようとも、私たちはあなたを陛下のもとに帰したりはしませんわ。無事に子が生まれたらあなたには、脩へ逃れてもらおうと思っています」

「脩へ……？」

顔を上げた由羅の瞳に、光が宿った。

「樹晏殿下に連絡を取りました。あなたを迎えに来ると、彼は言っています」

瑛義がそう説明した。

「樹晏が？　本当に？」

「あなたが生きていると知って、泣いていましたよ。お互い身分を捨てて、脩の片田舎でひっそりと……共に暮らそうと」

瑛義は励ますように笑いかける。

「……この子は？」

由羅姫はそこでふと不安になったのか、お腹《なか》に触れた。

「大丈夫ですよ。自分が父親になると、覚悟を決めておられるようです」

すると由羅姫の瞳が震え、大粒の涙がぽろぽろと零れ落ちた。

その涙を見て、華陵の頬にも熱い雫《しずく》が伝った。彼女は由羅姫の手を取り、座っている彼女の膝に額をつけた。

「由羅姫……どうか……夫の暴虐を止められなかった私を……知ることすらなかった愚かな私の罪を……許してください」

「いいの、姉様……どうか泣かないで。兄様はきっと、悪いものにとりつかれておかしくなっているだけなのよ。私がいなくなればきっと、元に戻るわ……」

由羅姫は華陵の頭に覆いかぶさる格好で伏せ、長いことそうしていた。

「そうじゃなかったことは、お前が一番知っているんだろう？」

と、龍淵が冷ややかに問う。すると由羅姫は顔を上げた。

華陵と瑛義の姿が砂のように崩れて消える。

「そうね、兄様は初めからずっと……おかしかったんだわ」

由羅姫が空虚な気配をにじませて呟くと、屋敷の外に雨が降り出した。

「どうして？　樹晏が捕らえられたって……どういうこと？」

頽れた由羅姫の前に、険しい顔をした瑛義が膝をついた。

「樹晏殿下があなた様を迎えに来たことを、陛下は察知しておられたようです」

「このままだと樹晏はどうなるの？」

「………陛下は、樹晏殿下を諦めるなら、生まれた子の命を救うと仰せです。華陵様の産んだ娘として迎えると……」

「……樹晏が助かる道はある？」

「樹晏殿下はお忍びで斎に入られました。ですから、樹晏殿下が陛下を訪問していると公にすれば、軽々に手出しはできなくなることでしょう。樹晏殿下に万が一のことがあれば、国同士の問題になりますからね」

「そうしたら、紅蘭はどうなるの？」

その問いに瑛義は答えなかった。拳を握り、唇を噛みしめている。

「兄様は樹晏を取るなら紅蘭を殺すとおっしゃってるのね？」

由羅姫はゆっくりと後ろを振り向いた。そこには、悲痛な表情で赤子を抱いている華陵が立っていた。由羅姫は薄絹が舞い上がるような動きでその赤子に手を伸ばした。

華陵は黙って由羅姫に赤子を渡した。由羅姫は眠る赤子をぎゅっと抱きしめ、覚悟を決めたように言った。

「……姉様、瑛義様……紅蘭を助けてちょうだい。他の何を犠牲にしてでも、何を捨ててでも、この子を助けて」

次の瞬間、目の前の全てが砂になって崩れて消えた。

「樹晏が脩国の山奥で一人首を吊ったと知らせが来たのは、五日後だったわ」

背後から言われ、龍淵と紅蘭は同時に振り返る。十歳の少女に戻った由羅姫が立っていた。

「自殺に見せかけて殺したのね。手を下したのは兄様だけど、選んだのは私。そして私は力尽きて、すぐに死んでしまったわ」

「……一人で呑気《のんき》なことだな。お前はそのあと樹晏がどうなったか知らなかったんだろう」

龍淵は苦々しげに言った。

「知らないわ、私は彼のこと……きっと何も知らなかった。あなたと繋がって、ようやく知ったわ。自分が……何をしてしまったのか……」

「ああ、樹晏は脩の王宮に帰ってきたぞ……怨霊に成り果ててな」

すると辺りの景色が変わった。三人は見知らぬ部屋の中にいた。部屋の中には一人の幼い少年が座っていた。五歳くらいだろう、黒髪に黒い瞳の美しい少年。壁に背を預けて足を投げ出し、放心している。

「あれは……龍淵殿？」

紅蘭は思わず呟いていた。色彩の違いはあったが、その美しさは見間違いようがなかった。

すると少年は顔を上げ、紅蘭に話しかけてきた。

「……きみも死んだの？」

黒い瞳に仄かな黄金の光がちらつく。

「え？　私？　死んでなんかないわ」

紅蘭はとっさに言い返した。少年は憐れむように眉を下げた。

「自分が死んだことが分からないんだね」

そう呟き、遠い目をする。

「樹晏も死んだんだって……路晏が昨夜、そう言ってた」

「樹晏って……」

「樹晏は僕の兄だ。他のみんなは僕を気味の悪い子供だというけど、樹晏は言わない。だから樹晏がいなくなったら、僕は本当に気味の悪い子供になってしまうんだ」

悲しみというにはあまりに淡々と少年は語った。

その時——部屋の壁がぎしっと鳴った。少年はその音を捉えて壁の方を向いた。じっと、見えない何かを凝視している。

「……誰?」

少年は小声で問うた。ぎし……ぎし……と、壁は断続的に鳴る。

少年の瞳が大きく見開かれた。

「樹晏……?」

少年がその名を呼ぶと同時に、部屋の壁からどろりと黒い液体が染み出してきた。ヘドロのようなその液体はどろどろ流れて一つに固まり、黒く歪《いびつ》な人間の形をした悍ましい怨霊となって少年に近づいてくる。

『龍淵……龍淵……』

怨霊は少年の名を呼んだ。

『……やつらを殺してくれ……私を騙し……裏切り……殺した奴らを……』

「樹晏……?」

『ああああああ……何故私がこんな目に……何故あの人は私を裏切ったのか……』

おどろおどろしい声で言いながら、怨霊はどろりと溶けかけた手を少年に向かって伸ばした。

『龍淵……お前の中に……入れてくれ……』

「……嫌だ……樹晏……何言ってるのか分からないよ……」

『龍淵……龍淵……一つになろう……』

怨霊は唸り声をあげて少年に襲いかかった。

「いやだあああ！」

少年は叫んで逃げ出そうとする。目の前でその様を見ていた紅蘭は、とっさに手を伸ばしてしまった。

「その子に触るな！」

雷鳴のごとき声で叫び、少年を腕の中に庇《かば》う。

「この私の前で好きに振る舞えると思うな！　出てお行き!!」

ぎらりと目を光らせて睨みつける。怨霊はぶるぶると震え、歪な手を紅蘭に向ける。

『憎らしや……裏切りの子よ……』

「お黙り。この私に、怨霊ごときが指一本触れられると思うな！」

鋼のごとき声で命じる。しかし、少年を抱きしめるように庇っている紅蘭の腕が、不意に横から引っ張られた。

「あっ！」

少年は呆気《あっけ》なく紅蘭の腕の中から引き離された。

再び手を伸ばした紅蘭は、しかし少年に触れる寸前、背後から羽交い締めにされて動きを封じられた。

少年を助けるものはもう何もなく、その小さな体は怨霊に一瞬で押しつぶされた。

「いやだあああああああ！　やめて樹晏！　うああああああああ！」

本能的に悲鳴を上げた少年の口から、どす黒い怨霊はどろりと溶けて侵入した。

「うぐっ……あああ……がっ……あ……あうっ……」

少年は床に倒れて涙を流しながら全身を痙攣《けいれん》させる。怨霊はひとかけらも残らず少年の内側に入り、彼の体を侵略した。

床に伏す少年の姿が次第に変化してゆく。黒髪から色が抜けて白銀に変わり、瞳は血と黄金を溶かし合わせた色に染まった。

「ああ……奴らはみなあれを選んだのだ……裏切りの代償を払わせてくれ……」

異形となった少年の口で、怨霊は最後にそう言った。

そこで景色は歪み、気づけばあたりには何もなくなっていた。真っ暗闇の中、紅蘭は自分を羽交い締めにする男を振り返った。

「何故……私を止めたの？」

紅蘭を押さえ込んでいた龍淵が、冷ややかに答える。

「今更助けて何の意味がある？　あれは過去にあったただの事象で、どうあがいても変えられない」

「……そうね、意味はないんでしょうね」

紅蘭はぼそりと呟いた。

あれが彼の、初めて喰った怨霊だったのだ。その相手が……兄だった。

「あれを喰ったのは二十年も前のことだし、もうまともな思考は残っていない。ただ、俺の体に巣くい続けているだけの……無様な残骸だ」

龍淵は遠くの方を指さした。その動きを目で追うと、暗闇にヘドロの残骸のようなものが蹲っていた。今にも消えてしまいそうなほどに頼りない。

「奴に犯されて、俺の体は開かれた。もう二度と塞がらない。あれから数えきれないほどの怨霊を喰って……喰って……喰い散らかしてここにいる」

龍淵は静かに告げた。

「さっきあの怨霊が言った言葉に覚えがあるわ。最初の夜、きみが私を襲ったあの時……きみの体を動かしていたのは彼だったのね？」

「……奴はあんたを恨んでいるからな」

紅蘭は龍淵とヘドロの怨霊を交互に見やり、そこでふと気が付いてしまった。

自分が今まで暗闇だと思っていたこの空間は……ただの暗闇ではなかった。目が慣れてみると、それは無数の怨霊の群れだった。黒い怨霊の群れが、残骸のように集まって辺りを黒く埋め尽くしているのだ。

「きみがこれを、全部喰ったの？」

「ああ」

「今みたいに、彼らの記憶を全部見た？」

この世を呪って死んだであろう怨霊たちの記憶を――

問われた彼は深く息をついた。

「ああ、最初の時からずっとな。樹晏がどんな目に遭ったのかを俺は何度も見せられた。紅蘭……あんたが生きるために、樹晏は死んだ。皇太后華陵も、柳瑛義も、そして由羅も……みんながあんたを選んだ。人生をかけて愛する女を救おうとした男を、みんなが見捨てた」

いったん言葉を切り、皮肉っぽい笑みを浮かべる。

「あんたが生まれてきたせいで、俺は樹晏に犯された。あんたが生まれてきたせいで、俺は今の俺にさせられた。あんたが生まれてこなければ、樹晏は今でも俺の隣にいただろう。李紅蘭……俺はあんたを殺してやりたい……」

「……そのためにこの国へ来たの？」

「路晏は俺にいい相手を見つけてやると、いつも息巻いていたからな。俺は……あの男のああいう頭の悪いところが嫌いだ」

「きみが、私に輿入れしたいと言ったの？」

「ああ」

「私を殺すために？」

「あんたが皇帝の血を引いていないと言い出した時、驚いた。あんたほど皇族の血を引く人間なんてここにはいないだろうに……だけどあんたは柳瑛義と、華陵と、そして柳郭義と血が繋がっていると信じて生きてきたんだろう？」

唐突にそんなことを聞かれ、紅蘭は訝りながらも頷いた。

「だが、その血の繋がりなど嘘だった。あんたの実の父親は、醜く、弱く、腐り切った下種だった。あんたは紛れもなくこの世の道義に反して生まれた不義の子だ。それをあんたに教えたかった。そして最後にもう一つだけ教えてやる。お前の父親は……お前を由羅の身代わりにしようとしていた。そして今でも、そういう目で見ている」

紅蘭は言われた瞬間、ひゅっと喉が鳴った。

あの怨霊を見た時の異常な嫌悪感を思い出す。その感覚には、覚えがあった。遠い昔、父に初めて会った時、味わった感覚だ。自分を見る父の目が、紅蘭は嫌いだった。

ああ……そうか……だから私は柳家で育てられたのか……

紅蘭を守るため、柳大臣と華陵は必死に紅蘭を閉じ込めたのだ。

龍淵は紅蘭の表情をじっと観察していたが、不意に周りを取り囲む怨霊たちを仰ぎ見た。

「人の肉体を死なせることに俺は意味を見出《みいだ》せない。ただ怨霊を増やすだけのその行為に価値を感じない。だから俺は、あんたの心を殺したかった。俺がずっと昔、殺されたのと同じように……。李紅蘭、俺はあんたを殺せたか？」

龍淵は振り向きながらそう聞いた。

紅蘭は、彼が何をしたかったのかようやく理解した。

この男は……ただ、紅蘭を傷つけたかったのだ。自分がそうされたのと同じように。

「きみは……樹晏殿を愛していた？」

「……俺は人を愛したことはないよ。生まれてこの方一度もない」

「そう……」

呟き、紅蘭は自分の胸の内側を覗きこんだ。酷く痛い。

愛したあの人たちは……心の中で家族だと思い続けてきた人たちは……他人だった。

自分のこの血は、この上なく汚らわしいものでできている。

この体は、汚物の詰まった革袋のようだ。

ならばどうする？　汚物でしかない私はどうする？

自分にそう問いかけた。

答えは……初めから分かっていた。

紅蘭は顔を上げ、死んだような目をしている龍淵を見つめ――手を伸ばしてその体を抱きしめた。龍淵の体が一瞬震えるのを感じる。

「ここは怨霊だらけね。私に触れてないときみは不快なんじゃない？」

「……あんたは今俺と繋がっているんだ。奴らはみんなあんたを恐れておとなしくしてる」

「そうね、怨霊だろうと生者だろうと、私を殺せる者などいないわ。きみが私を殺すことなど、できるはずがない。いくらでも憎めばいいわ……いくらでも殺せばいいわ……何度も言ったはずよ、きみは私を愛するって」

すると龍淵は紅蘭の体を突き放した。

「そんなに怖がらないで。私、獣を手当てするのは得意よ？」

「……何で平気でいられる？」

「自分が何者であるかを知って……？　当たり前でしょう？　私は自分が何者であるかなんて、生まれた時から知っていた。私は李紅蘭よ。それ以外に何が必要なの」

傲然と言い放つ紅蘭を見返し、龍淵は全身の力を抜きながら深く息を吐いた。

「そうか……俺はあんたを、殺せなかったな」

力なく呟いたその時、紅蘭はその空間からはじき出された。

はっと気づくと、紅蘭は龍淵の腕の中にいた。

肩を抱かれ、立ったまま縋っている。自分が華陵の部屋にいるのだと、数拍して理解した。

長い……夢を見ていたような気がする。しかし、頭の中に残る景色は鮮明で、それがただの夢ではないことを物語っていた。

部屋の中に目をやり、ぎょっとする。

華陵と、柳大臣と、郭義が、蒼白《そうはく》な顔で床に蹲っていた。そして彼らの周りには、いくつもの不穏な影が蠢いている。目を凝らして愕然とした。そこかしこに数え切れぬほどの怨霊が這いずり回っているのだ。後宮で死んだ、女たちの群れ……

「さっきの光景はいったい……この化け物は……」

華陵が震えながら怨霊の群れを見た。

さっきの光景という言葉に、紅蘭はぞっとする。

「きみ、まさか今の夢を、彼らにも見せたの？」

「自分が何をしたのか、その結果何をもたらしたのか……知らない方が酷だろう？奴ら全員に見せてやりたかった。自分がしたことの結末を……」

その結末が彼自身だというのか。

「俺と奴らは繋がった。だから奴らにも、怨霊が見えているはずだ」

「これ以上何をするつもり？」

紅蘭は自分を抱き寄せている男を、険しい顔で見上げた。

「別に、何も」

と、彼は答えた。黄金に輝く瞳は不気味なほど無機質で、本当に何も考えていないのではないかと思わせる。

「俺のやるべきことは全てやった。後はもうどうでもいい。この後宮が……この帝国が……あんたがどうなっても」

放り投げるように言う。

紅蘭は龍淵の腕を振り払い、蹲る彼らに駆け寄った。

「母上、しっかりなさって」

今にも気を失ってしまいそうな華陵の前にしゃがみこむと、彼女は紅蘭の腕をすごい力でつかんだ。恐ろしい顔で紅蘭を見上げてくる。

「紅蘭様……知って……おしまいになったのですか……？」

「ええ、全て知ったわ」

「………私は……」

「母上、私はあなたの娘だわ。死ぬまでそうよ」

「そんな……私は由羅姫からあなたを奪ってしまった……あなたが本当に母と呼ぶべ

きは由羅姫だったのに……彼女を救えなかった私などが……」

華陵が震えながら言った時、リィン……と、鈴の音が聞こえた。

はっと見ると、華陵の真横に由羅姫がしゃがみこんでいた。

華陵は紅蘭の視線に気づいて横を向き、喉の奥で小さく悲鳴を上げた。

「由羅姫……！」

由羅姫はゆっくりを手を伸ばし……驚愕の表情を浮かべる華陵の頬を、そっと撫でた。そして、優しく微笑む。

赦《ゆる》しを与えるようなその仕草に、華陵の瞳から涙が零れた。

「おい、お前……それは悪手だろう」

二人の間に流れた空気を叩き切り、龍淵が言った。

「あの男がとりついている人間に手を触れるだと？　あの男がどれだけお前に執着しているか、自覚がないのか？」

次の瞬間——華陵の背後の空気が揺れた。捻《ね》じれた空気を引き裂いて、赤い肉塊が現れる。気配を察して振りむいた華陵が絶叫した。

放心していた郭義が反射的に床の剣を摑んで構え、柳大臣は喚き声をあげながら華陵を自分の体で庇った。

『おおおおおおおおおおおおお……！　何故お前は私のもとから逃げるのだ

……由羅よ……裏切者よ……何故だあああああああああ!!』

叫び声と同時に、怨霊の赤い体から触手が伸びた。それが由羅姫を捕らえようと宙を這う。

「いやあああああ！」「うわああああああああ！」

華陵と柳大臣が抱き合って同時に叫んだ。

「紅蘭様！　こっちへ！」

郭義が紅蘭を背後に庇おうとする。

触手が部屋中を這いまわる中、由羅姫だけは落ち着いていた。自分を狙って襲いかかる触手を、少女はわずかに指を振るだけで斬り落とす。

『おおおおおお……おおおおおおお……何故……何故私のものにならない……』

怨霊は呻き、そして、ぴたりと触手の動きを止めた。その瞬間、紅蘭はこの男が自分を見たのを感じた。

全身に、たとえようもないほどの嫌悪感が湧きあがる。ああ、そうだ……この男は生きていた頃からこの目で紅蘭を見ていた。ただ、強烈な圧と力で敵を退ける紅蘭に触れる度胸がなかったのだ。ただそれだけで、彼は新たな過ちを犯さずにすんでいた。それが今、肉体という枷を外れ、欲望のままに紅蘭を欲している。

「なんて……醜悪な……」

嫌悪の声が零れ出る。強烈な感情が腹の中から湧きあがる。これは――怒りだ。紅蘭は、自分が今はっきりと怒っているのを感じていた。

李紅蘭という極悪女帝は、実のところ普段はあまり怒ることがない。怒りとは思い通りにならないことへの苛立ちから生まれるもので、全てを思い通りに運んできた紅蘭にはあまり必要ではなかった。

思い通りにならないことは、むしろ珍しく楽しく魅惑的にすら感じる。

周りの者は、極悪女帝の機嫌を損ねると首を刎ねられる――などと恐れ戦《おのの》いているが、紅蘭は初めから決めていた通りに相手の首を刎ねるだけで、怒りに任せてそれを命じたことはない。いや――なかった。

醜悪な怨霊の周りに、雑多な怨霊の群れがいる。それらは血の涙を流し、かつて皇帝だった男の怨霊を見上げている。

周りに集う怨霊たち……あれは父の代に死んだ女たちだ。父の側室や、女官たち。妹の代わりを求めて多くの女を不幸にした、愚かで弱くて醜悪で……どこまでも凡庸な男の被害者たち。

紅蘭は仁王立ちになり、父の周りに蠢く怨霊の群れに苛烈な視線を飛ばした。

「お前たち……その男の首をお刎ね！」

刃を振るうような声で、命じる。

途端、血の涙を流す女たちの形相が変わった。牙を剝《む》き、憎しみのまま肉塊に飛び掛かる。女たちの牙が、肉塊を無残に裂いてゆく。

『うおおおおおおお！』

肉塊が吠《ほ》えた。恐ろしく、醜悪で、凡庸な悪霊が……切り刻まれて消えてゆく。

女たちの動きが止まると、そこにもう父の怨霊はいなかった。

佇む女たちは、憎む男が消えてしまっても血の涙を流し続けていた。

「つまらない男に囚われて無駄な時間を過ごしたわね」

紅蘭は、そう言いながら女たちに近づいていった。

「時は宝玉に等しく扱いなさい。お前たちが見るべき皇帝はここにいるでしょう？

同じ時を費やすなら、私に愛されるために使いなさい」

微笑みと共に手を差し伸べる。それに逆らう怨霊はもういなかった。

「さて……これでもう、母上を呪うものはいないわね？」

紅蘭は振り返った。

部屋の対角線上に、龍淵が佇んでいる。彼は、心底驚いた顔で紅蘭を見ていた。

「あんたは……あんたの強さはやはり異常だ、極悪女帝」

彼はそう呟き、ぐらりと体を傾がせてその場に倒れた。

終章

悪夢の中にいる時は……いつも何も感じない……

怨霊になるほどこの世を呪って死んだ人間の記憶を、毎晩延々と見せられる。

幼い頃はまだ何か感じていたような気がするけれど、何千回何万回と悪夢を見せられているうち、もう何も感じなくなった。

自分が……王龍淵という人間が……何者であるのかも、とっくの昔に分からなくなった。

自分は何がしたかったのだろう……自分が今の自分になってしまった原因を……李紅蘭という人間を……同じように痛めつけたかった……？

紅蘭は、想像していたような人間とはまるで違っていた。

あの強さは……異常だ。

残酷さも、優しさも、同時に強烈な力だということを彼女は体現していた。

自分が彼女に敵《かな》わないだろうことはすぐに分かった。

極悪女帝と呼ばれる女なら、せめて最後は自分の首を無残に刎ねて、この無意味で汚らわしい命を終わらせてくれるだろうと思っていたのに……

全部を知ってなお、彼女は龍淵の首を刎ねなかった。

殺すことも殺されることも叶わなかった自分には、もう何も残っていない。

ただ、悪夢の中に浸り続けることしか……

目の前の真っ暗な空間では、あの日の光景が繰り返されている。

五歳の頃、初めて怨霊を喰った時のあの光景が……

それを見たところでもう。龍淵は何も感じない。

また今日も、ただ犯される自分を茫漠《ぼうばく》と眺めて……その時、誰かが突然背後から龍淵の目を覆った。

驚いて振り返るが、辺りは真っ暗で何も見えない。闇の中、誰かが龍淵の手を取った。しなやかで強靱《きょうじん》な力できつく龍淵の手をつかみ、暗闇の中を引っ張ってゆく。

その手の熱さにも……強さにも……はっきりと覚えがある。

「あんたは……俺がここに居続けることすら許さないのか……」

「いつになったら殿下は目を覚ますんですかね……」

柳郭義は、ため息を吐きながら呟いた。

彼がいるのは龍淵の寝室で、目の前の寝台には部屋の主である龍淵が死んだように眠っている。

そしてその龍淵の手を、傍らに座る紅蘭が怖い顔で握りしめているのだった。

あれから七日が経っている。

龍淵は意識を失ってからというもの、ずっと眠り続けているのだ。そしてその七日間、彼女は政務が終わると、この部屋を訪れて夫の手を握っている。まるで呪いをかけているかのような怖い顔で。

「すぐに目を覚ますわよ、私が呼んでるんだから。お前も手を握って呼んであげなさいよ」

言われて郭義はぶんぶんと首を振った。

「俺は殿下を酷い目に遭わせた男の息子ですよ。殿下も嫌がるでしょう」

あの光景を、郭義もまざまざと見せられた。吐き気がするようなあの光景を……

もう、この男をクソ野郎と呼べる気がしない。

その原因の一端が自分の父親だと思うと、たまらない気持ちになる。

あの後、皇太后華陵は寝込んでしまったし、父の瑛義は出家するなどと言い出す始末だ。結局紅蘭にきつく止められて、しょんぼり肩を落とす羽目になったのだが……

「……紅蘭様、俺はその人が嫌いだ。紅蘭様に相応しい男とは思わない。だけど……あなたが思ってるよりずっと、その人はあなたを必要としてるかもしれない」

するとと紅蘭は、龍淵の手を握ったまま振り返った。

「分かってるわ。私にとっても彼は、厄介で可愛い猛獣だもの。最後までちゃんと可愛がる覚悟よ」

「いや、そういう意味じゃなく……」

郭義は顔をしかめて頭をがりがりと搔いた。

ちゃんと男として夫として大事に……とか、うわ……言いたくねえ！

最初から薄々感じていたことだが、この二人はたぶん、相性が良すぎる。下手したら、殺し合いをしかねないほどに良すぎるのだ。

「……いや、何でもないです。大事にしてあげてください」

下手なことを言って、ヤバいことになるのが怖い。

自分が臆病者だということを、郭義はよく知っている。

日和《ひよ》って当たり障りのないことを言ったその時、龍淵の手がぴくりと動いた。

「あ！　起きた！」

郭義は思わず叫んでしまう。慌てて寝台に駆け寄りかけたその時、驚いてピシッと固まってしまった。

紅蘭が覆いかぶさるように龍淵を抱きしめていた。

「おはよう、龍淵殿」

「……おはよう、あんたは酷い女だ」

囁き合い、抱き合う彼らを見て、郭義は思わず龍淵をぶん殴りたくなった。ぷるぷる震える拳をどうにか納め、黙って静かに部屋を出てゆく。

一人になり、郭義は大きく深呼吸した。

「どうか平和で穏やかな結婚生活を送ってくださいよ」

色んな感情が入り混じる呟きを零し、一人廊下を歩いて行った。


紅蘭は、その日も政務を終えて後宮に帰ると簪を放り投げた。

付き従う女官たちが、いつもみたいにきゃっきゃとはしゃいでそれを拾ってゆく。

そして一番後ろで紅蘭を守っているはずの郭義は、何故かびくびくしながらあちこちを睨みつけている。

「郭義、挙動不審が過ぎるわよ」

振り返って声をかけると、郭義は一際大きく飛び跳ねた。

「いや……まだそこら中にいるのかと思うと……」

大量の怨霊を間近で見てしまった郭義は、未だに恐怖心を拭えないようだった。服も飾りもほとんど脱ぎ捨て、薄絹一枚で部屋に帰りつく。

すると、女官の暮羽が嬉しそうに出迎えた。

「お帰りなさいませ、紅蘭様」

「ただいま」

紅蘭は彼女の頬をちょっと撫でて部屋に入った。すると、部屋の奥の長椅子に、龍淵が座っていた。

彼は不遜な態度でじろりと紅蘭を見やり、自分の膝をぱしぱしと叩いた。

それがここへ来いという合図だということは分かったので、紅蘭は龍淵に近づいた。

「今日はいい子にしていた？」

紅蘭はそう言って彼の頬をよしよしと撫で、膝に座ってやった。

龍淵は紅蘭の腹に腕を回してきつく抱きしめ、肩口に顎を乗せる。

紅蘭に付き従って部屋に入った女官たちが、息を殺して成り行きを見守っている。

三日前に目を覚ました彼は、それから毎日紅蘭にくっついて過ごしているのだ。紅蘭が後宮にいる限り、片時も離れようとしない。女官たちにとって、その光景は垂涎《すいぜん》ものらしかった。とても可愛い変態たちだと思う。

「どうしたの？　ぼんやりして」

紅蘭は後ろに体重をかけながら聞いた。

「ああ……何で俺は起きてしまったんだろうなと思って」

「私に会いたかったからでしょう？」

「そうかもしれない」

そう言って、彼は紅蘭の肩にぐりぐりと頭を擦りつけた。甘える獣のようなその仕草が可笑しく、紅蘭は彼の頭をくしゃくしゃと撫でてやった。

女官たちが真っ赤な顔で口元を押さえ、絶叫を堪えて震えている。

どいつもこいつも可愛すぎやしないかと紅蘭は呆れた。

龍淵を撫でながら、彼に見せられたあの悪夢の光景をふと思い出す。

「ねえ……きみは私に、過去の出来事は変えようがないと言ったわね」

「言ったか？」

「言ったわよ。夢の中で、私がきみの過去の出来事を止めようとした時」

「ああ……」

龍淵はどうでもよさそうな声を漏らした。

「言ったな、無駄だから」

「そうね、でも……今度同じ光景を見たら、私はまた止めるわよ」

「……無駄だと言ってる。何の意味もない」

「それでも止めるわ」

紅蘭は頑として言った。

「何故」

龍淵は少しばかり苛立ったように腕の力を込めた。

「過去は変えられないと……誰が決めたの。私は変えるわ、変えてみせる。子供の頃のきみを、私は何度でも助けるわよ」

強い意志の光を宿した瞳で背後の龍淵を見上げる。

紅蘭を抱きかかえる龍淵は、しばし無言でじーっと紅蘭を見つめ、見つめ、見つめ……不意に唇を重ねてきた。

息を殺していた女官たちが、無言で絶叫する。

興奮して抱き合いながら、主の邪魔をしないようどたばたと部屋から出ていった。

龍淵は彼女らを意に介することなく、幾度も角度を変えて紅蘭の唇を食んだ。

「……どうしたの？　怨霊？」

紅蘭は唇の隙間から怪訝に尋ねた。

「喰いたいものは喰いたいように喰う主義なんだ」

龍淵は無感情に言い、再び紅蘭の唇に喰らいついた。

「ちょっと……私を食べる気？」

文句を言おうとした唇の隙間から忍び込んだ舌が、紅蘭の舌を搦《から》めとる。この感覚はよく知っている。けれど何か……今までと違うような……今まで触れていた唇は、こんなに熱かっただろうか？

ぞわぞわとした感覚が全身を駆け抜け、思わず龍淵の胸を押す。

「きみ……私を殺したいよ。今も、どうすれば殺せるか考えてる」

「ああ、殺したいんじゃないの？」

「じゃあどうしてこんなことするの」

どうしていつも冷たい体が熱を持っているのか……どうして飢えたような目で紅蘭を見ているのか……

「ただ、そうしたいと思ったから。あんたは俺が可愛いんだろう？　だったら、俺の好きなようにしていいはずだ」

龍淵は当たり前のように答えた。喰いたいものを喰いたいように喰うと宣言した時のままに。

そして背後から紅蘭を抱きしめると肩口に顎を乗せる。

「あんたといるとやっぱり静かだ……」

その呟きを聞き、紅蘭は顔をしかめた。危うさと可愛さを同時に見せるのは……卑怯すぎる。

「賭けをしましょうか」

紅蘭はふと思いついて言った。

「賭け？　何を？」

「きみが私を殺すのが先か……それとも私を愛するのが先か……」

すると彼が鼻で笑う気配がした。

「あんたの字引に初めて敗北の文字が刻まれてしまうが……いいのか？」

「きみの膝が初めて土に汚れてしまうけど、いいかしら？」

紅蘭は笑みを添えて振り返る。

「ああ、いいよ。あんたを殺してやるよ。死ぬまで命を狙い続けてやる」

何を考えているか読めない獣の瞳が紅蘭を射た。

その危うい眼差しにぞくぞくしながら、紅蘭は嫣然と微笑んだ。

「いいわね、早く私を殺してみて」


「龍淵殿下……絶対負ける勝負に挑んでしまいましたわよ」

部屋の外から息を潜めて様子をうかがっていた女官たちが、ぼそりと言う。

龍淵がしばしば紅蘭を殺すと口にしているのはみな知っている。

「本当ね、分かってるのかしら？　分からずに受けたのかしら？」

「紅蘭様を殺す……ね。それって……」

「ええ、龍淵殿下が紅蘭様を愛するのが先か……紅蘭様が龍淵殿下に惚《ほ》れるのが先か……そういう勝負って意味よね？」

女を殺す……その言葉に含まれる意味は一つじゃない。龍淵が紅蘭を殺しても、愛しても、結末は同じだ。

「あの二人、いま、永遠に愛し合いましょうって約束したようなものじゃない？」

「はあ……尊い」

女官たちは、こっそり部屋の中をうかがいながら、両手を合わせて主を拝んだ。

外伝　白虎の旅路

綺麗な白い毛並みをしていたので、白《はく》と名付けた。
幼い頃、狩りの途中で拾った虎のことだ。
紅蘭にだけ懐いて、いつも傍にいた美しい獣だった。
柳大臣の屋敷から宮殿に戻った時も傍にいた。
眠る時も、遊ぶ時も、学ぶ時も、いつも一緒。
紅蘭を背中に乗せて歩くのが一番好きで、得意げにしっぽを揺らす。
悪戯っ子で、紅蘭が困ることばかりするやんちゃな子。
けれどとても賢い子だったので、本当にしちゃいけないことはしなかった。
やきもち焼きで、他の人間が紅蘭に近づくのを嫌がった。
特に、紅蘭と一緒に育った郭義とは仲が悪く、毎日ケンカばかり。
だけど、時々一緒に寝ているところを見た。
本当は仲良しだって知ってる。

そんな白が……病気で死んだ。

紅蘭が十五歳の時のことだった。

三日三晩泣いた。それが自分を一番早く回復させる方法だと知っていたから、人目もはばからず泣きたいだけ泣いた。

「白の魂はどこに行ったのかしら？」

柳家の庭に白を埋葬した後、紅蘭は小さな塚を撫でながら聞いた。

「……俺が知るもんか」

隣に立っている郭義が突っぱねるように答えた。見上げると、郭義は涙と鼻水を垂らしている。

「私をあんなに困らせる子は、きっと他のどこにもいないわね」

「……俺にあんだけ噛みつくやつだっていない」

郭義はずびーっと洟をすすった。

「ねえ……私は皇帝になるわ」

「……はい、お供します」

「ええ、私の命はお前に預けているからね」

紅蘭はしゃがんだまま淡く微笑んだ。

命は彼に預けている。だけど……心はどこに預けたらいいだろう？

ふとそんなことを思う。

柔らかな毛並みとしなやかな体で一緒に寝てくれたあの獣はもういないのに……

もう二度と、あんな風に眠る夜は来ないだろう……

あんな風に毎日困らされてうんざりすることは、もうないのだろう……

だけど……それでも私の頑丈な心は最後まで平気なのだろう……

「郭義、私は皇帝になるけれど、この子のお墓はずっとここに置いといてね」

「当たり前ですよ」

「そうね、じゃあ……行きましょうか」

そう言って、紅蘭は立ち上がった。

ふと、何かが通り過ぎるように風が頬を撫でた気がした。


「……お前、どこから来た？」

暗い部屋の片隅に座り込み、龍淵は聞いた。

「俺に喰われにきたのか？」

深紅の瞳が冷ややかに見つめる先には、白く揺らめく獣がいる。

輪郭は不鮮明で、はっきりとは分からない。だが、犬や猫よりは遥かに大きな獣だ。

肉食獣かもしれない。

「……妙に綺麗な奴だ。怨霊という感じじゃないが、どうしてこんなところに留まってる？　俺に惹かれてきたのか？」

問いかけても、獣は答えない。

ただ、静かにゆっくり歩いてくると、龍淵の前でお座りした。

じいっと……龍淵の顔を見つめている。

「何だ？　やっぱり喰われたいのか？」

龍淵は手を伸ばして獣の胸の辺りに手を触れた。

ふかっとした感触がある。

獣の顔が不意に近づき、大きな口が開き——べろんと顔を舐められた。

途端、繋がった。

ぼんやりとした映像が頭に流れ込んでくる。

少女が……獣を撫でていた。その手の温かさが龍淵の体に伝わった。抱きしめてくる腕の強さや、柔らかさも……

はっと気が付くと、獣が訴えるような目で龍淵を凝視していた。

「……お前は愛されていたんだな」

思わず呟いていた。獣がぐるぐると喉を鳴らすのが聞こえる。

龍淵はわずかに表情を曇らせて手を離した。

「俺は知らない感情だ。俺よりお前の方がよほど上等な生き物なんだろう」

ぐるるとまた獣の喉が鳴る。

「お前を飼い馴らした主人に感謝することだ。俺はお前が羨ましい……俺を飼い馴らせるような化け物は……この世に存在しないからな」

消え入るような呟きが零れる。

今日は特に穢れた怨霊を喰った。犯される嫌悪と快感がずっと身の内を苛んでいる。

獣は龍淵の前に座ったまま、動こうとしなかった。

いったい何がしたいのだろう？

喰われたいのか……喰らいたいのか……

「……殺したい女がいるんだ」

気付けば龍淵は何の脈絡もなく言っていた。

獣は静かに座っている。龍淵の言葉に耳を傾けているようでもあるし、何も聞いていないようにも見える。

「その女を殺せたら……そのあと俺はどうすればいいんだろう……」

そのためだけに生きているようなものだ。それ以外に目的なんて何もない。自分はいったい何なのだろう？

「誰か……俺を……」

その先の言葉は出てこなかった。自分が何を言いたかったのか、龍淵自身にも分かっていなかった。

黙り込んでしまうと、獣がまた龍淵の顔をべろっと舐めた。

また獣を慈しむ少女の温かさが伝わり、龍淵は小さく笑った。

「俺は今腹がいっぱいだ。お前のことは喰わないでいてやるから消えろ」

そう告げると、獣はしばらく龍淵を見つめていたが、のっそりと立ち上がって背を向けた。のっしのっしと歩いて、ふっと消えてしまう。

龍淵はしばしぼんやりとその空間を眺め、目を閉じた。

伝わった温もりが、かすかな灯《ともしび》となって体の中に残っていた。

これを惜しみなく与えられた獣を、心底羨ましいと思った。

こんなものを……自分に与えてくれる人間がこの世のどこかにいるだろうか？

きっといないだろう。だから……

「さあ……李紅蘭を殺そうか」

龍淵は誰もいなくなった暗闇に向かって呟いた。

―――本書のプロフィール―――

本書は書き下ろしです。

小学館文庫

極悪女帝《ごくあくじょてい》の後宮《こうきゅう》

著者　宮野美嘉《みやのみか》

二〇二二年十一月九日　初版第一刷発行

発行人　石川和男
発行所　株式会社 小学館
〒一〇一-八〇〇一
東京都千代田区一ツ橋二-三-一
電話　編集〇三-三二三〇-五六一六
販売〇三-五二八一-三五五五
印刷所――――図書印刷株式会社

ISBN978-4-09-407200-6